赵盼儿风月救风尘

〔元〕关汉卿 著

黄仕忠 译注

凤凰出版社

图书在版编目（CIP）数据

赵盼儿风月救风尘 / (元) 关汉卿著 ； 黄仕忠译注
. -- 南京 : 凤凰出版社, 2022.9
ISBN 978-7-5506-3729-0

Ⅰ. ①赵… Ⅱ. ①关… ②黄… Ⅲ. ①杂剧一剧本一中国一元代 Ⅳ. ①I237.1

中国版本图书馆CIP数据核字(2022)第147654号

书　　名	赵盼儿风月救风尘
著　　者	〔元〕关汉卿 著　黄仕忠 译注
责任编辑	孙　州
特约编辑	莫　培
装帧设计	陈贵子
出版发行	凤凰出版社(原江苏古籍出版社) 发行部电话025-83223462
出版社地址	江苏省南京市中央路165号,邮编:210009
照　　排	南京凯建文化发展有限公司
印　　刷	苏州市越洋印刷有限公司 江苏省苏州市吴中区南官渡路20号,邮编:215104
开　　本	787毫米×1092毫米　1/32
印　　张	5.25
字　　数	95千字
版　　次	2022年9月第1版
印　　次	2022年9月第1次印刷
标准书号	ISBN 978-7-5506-3729-0
定　　价	39.80元

(本书凡印装错误可向承印厂调换,电话:0512-68180638)

目录

赵盼儿风月救风尘

趙盼兒風月救風塵

赵盼儿风月救风尘

这是关汉卿最著名的喜剧之一。所谓“风月救风尘”，就是用妓院中追欢卖笑的风月手段解救沦落风尘中的姊妹的意思。有钱有势、狡猾奸诈的官僚子弟周舍，用花言巧语、假意温存骗取幼稚天真的歌妓宋引章的感情；但将宋引章娶到手后，却对她朝打暮骂，肆意虐待。清醒老练、机智勇敢的妓女赵盼儿，一派侠义心肠。为了解救宋引章，她巧设圈套，以其人之道还治其人之身，终于惩治了贪财好色、喜新厌旧的恶少，救得宋引章脱离了火坑。全剧处处伏笔，层层深入，构思巧妙，充满悬念，人物形象鲜明，语言极富个性，有浓厚的喜剧色彩。

人物表

赵盼儿	久处风尘的歌妓，正旦扮。
宋引章	年轻歌妓，外旦扮。
宋　母	宋引章之母，卜儿扮。
周　舍	郑州周同知之子，嫖客，冲末扮。
安秀实	穷秀才，外扮。
李公弼	郑州太守，即孤，外扮。
张小闲	市井帮闲，丑扮。
店小二	客店主人。
张　千	衙门随从。

第一折

（冲末扮周舍上，诗云）酒肉场中三十载，花星[1]整照二十年。一生不识柴米价，只少花钱共酒钱。自家郑州人氏，周同知[2]的孩儿周舍是也。自小上花台做子弟[3]。这汴梁[4]城中，有一歌者，乃是宋引章。他一心待嫁我，我一心待娶他，争奈他妈儿不肯。我今做买卖回来，今日特到他家去，一来去望妈儿，二来就提这门亲事，多少是好。（下）

（卜儿同外旦上，云）老身汴梁人氏，自身姓李，夫主姓宋，早年亡化已过。止有这个女孩儿，叫

① 花星：犹如说“桃花运”。花，元俗称妓女叫花。下文“花钱”即指花在妓女身上的钱；“花台”指妓院。
② 同知：官名。元代州、县的副长官。
③ 子弟：嫖客。
④ 汴梁：又称汴京，北宋、金之首都。今河南开封。

做宋引章。俺孩儿拆白道字[①]，顶真续麻[②]，无般不晓，无般不会。有郑州周舍，与孩儿作伴多年，一个要娶，一个要嫁，只是老身谎彻梢虚[③]，怎么便肯？引章，那周舍亲事，不是我百般板障[④]，只怕你久后自家受苦。

（外旦云）奶奶[⑤]，不妨事，我一心则待要嫁他。

（卜儿云）随你，随你！

（周舍上，云）自家周舍，来此正是他门首，只索进去。（做见科）

（外旦云）周舍，你来了也！

（周舍云）我一径的来问亲事，母亲如何？

（外旦云）母亲许了亲事也。

（周舍云）我见母亲去。（做见卜儿科）（周舍云）母亲，我一径的来问这亲事哩。

（卜儿云）今日好日辰，我许了你，则休欺负俺孩儿。

① 拆白道字：一种文字游戏。把一个字拆开来说，如“好”字拆为“女边着子”。

② 顶真续麻：一种文字游戏。上句末一字和下句头一字相同，诗称“顶真格”。

③ 谎彻梢虚：此指敷衍应付。

④ 板障：阻挠。

⑤ 奶奶：仆人、佣人或后辈对妇女的尊称。

（周舍云）我并不敢欺负大姐。母亲，把你那姊妹兄弟都请下者，我便收拾来也。

（卜儿云）大姐，你在家执料，我去请那一辈儿老姊妹去来。

（周舍诗云）数载间费尽精神，到今朝才许成亲。

（外旦云）这都是天缘注定。

（卜儿云）也还有不测风云。（同下）

（外扮安秀实上，诗云）刘蕡下第[1]千年恨，范丹[2]守志一生贫。料得苍天如有意，断然不负读书人。小生姓安名秀实，洛阳人氏。自幼颇习儒业，学成满腹文章，只是一生不能忘情[3]花酒。到此汴梁，有一歌者宋引章，和小生作伴。当初他要嫁我来，如今却嫁了周舍。他有个八拜交[4]的姐姐是赵盼儿，我去央他劝一劝，有何不可。赵大姐在家么？

（正旦扮赵盼儿上，云）妾身赵盼儿是也。听的

① 刘蕡（fén）下第：唐刘蕡考试时在文章里劝皇帝杀宦官，考官怕得罪宦官，没敢录取他。后人用此典表示贤才被扼杀。

② 范丹：东汉人，曾从马融学经学，但不愿做官，卖卜为生，一生清贫。

③ 忘情：不为感情所动。

④ 八拜交：异姓朋友结为兄弟姐妹。

有人叫门，我开门看咱。（见科，云）我道是谁，原来是妹夫。你那里来？

（安秀实云）我一径的来相烦你。当初姨姨[①]引章要嫁我来，如今却要嫁周舍，我央及你劝他一劝。

（正旦云）当初这亲事不许你来？如今又要嫁别人，端的姻缘事非同容易也呵！（唱）

【仙吕点绛唇】妓女追陪，觅钱一世。临收计[②]，怎做的百纵千随，知重咱风流婿？

【混江龙】我想这姻缘匹配，少一时一刻强难为。如何可意？怎的相知？怕不便脚搭着脑杓成事早[③]，怎知他手拍着胸脯悔后迟。寻前程[④]，觅下稍，恰便是黑海也似难寻觅。料的来人心不问，天理难欺。

【油葫芦】姻缘簿全凭我共你？谁不待拣个称意的？他每都拣来拣去百千回。待嫁一个老实的，又怕尽世儿难成对；待嫁一个聪俊的，又怕半路里轻抛弃。遮莫[⑤]向狗溺处藏，遮莫向牛屎

① 姨姨：对女性的泛称。
② 收计：结局，下场。
③ 脚搭着脑杓成事早：元时俗谚。形容快跑时脚后跟几乎碰着脑壳，指急于成事。
④ 前程：妓女所谓的前程即指婚姻。
⑤ 遮莫：尽管、纵使，拼着。

里堆，忽地便吃了一个合扑地[①]，那时节睁着眼怨他谁！

【天下乐】我想这先嫁的还不曾过几日，早折的[②]容也波[③]仪、瘦似鬼，只教你难分说、难告诉、空泪垂。我看了些觅前程俏女娘，见了些铁心肠男子辈，便一生里孤眠，我也直甚颓[④]！

（云）妹夫，我可也待嫁个客人，有个比喻。

（安秀实云）喻将何比？

（正旦唱）

【那吒令】待妆个老实，学三从四德；争奈是匪妓，都三心二意。端的是那里是三梢末尾[⑤]？俺虽居在柳陌中、花街内，可是那件儿便宜？

【鹊踏枝】俺不是卖查梨[⑥]，他可也逞刀锥。一个个败坏人伦，乔做胡为。

① 合扑地：俯面扑地。

② 折的：折磨得。

③ 也波：衬字，无义。

④ 直甚颓：值什么鸟，骂人话。此指不算稀奇，不足诧异。

⑤ 三梢末尾：指结局、收场。

⑥ 卖查梨：卖山楂，原为小贩叫卖声，比喻笑脸逢迎，言语不实。

（云）但来两三遭，问那厮要钱，他便道："这弟子敲镘儿[1]哩。"（唱）但见俺有些儿不伶俐，便说是女娘家要哄骗东西。

【寄生草】他每有人爱为娼妓，有人爱作次妻。干家[2]的干落得淘闲气，买虚的看取些羊羔利[3]，嫁人的早中了拖刀计[4]。他正是南头做了北头开，东行不见西行例[5]。

（云）妹夫，你且坐一坐，我去劝他。劝的省时，你休欢喜；劝不省时，休烦恼。

（安秀实云）我不坐了，且回家去等信罢。大姐留心者。（下）

（正旦做行科，见外旦，云）妹子，你那里人情[6]去？

（外旦云）我不人情去，我待嫁人哩。

（正旦云）我正来与你保亲。

① 敲镘儿：敲竹杠。
② 干（gàn）家：主管家务。
③ 羊羔利：元代高利贷的一种，放债过了一年，要加倍收回利钱。
④ 拖刀计：战场上武将的刀法之一，比喻机谋、阴谋。
⑤ "南头做了北头开"二句：元时俗谚。指不接受前人教训，重蹈覆辙。
⑥ 人情：指作客，应酬，交往。

（外旦云）你保谁？

（正旦云）我保安秀才。

（外旦云）我嫁了安秀才呵，一对儿好打莲花落[①]。

（正旦云）你待嫁谁？

（外旦云）我嫁周舍。

（正旦云）你如今嫁人，莫不还早哩？

（外旦云）有甚么早不早！今日也大姐，明日也大姐[②]，出了一包儿脓。我嫁了，做一个张郎家妇，李郎家妻，立个妇名，我做鬼也风流的。

（正旦唱）

【村里迓鼓】你也合三思而行，再思可矣[③]。你如今年纪小哩，我与你慢慢的别寻个姻配。你可便宜，只守着铜斗儿家缘家计[④]。也是你歹姐姐把衷肠话劝妹妹，我怕你受不过男儿气息。

（云）妹子，那做丈夫的做不的子弟，做子弟的

① 打莲花落：意指做乞丐。莲花落，当时乞儿常唱的小曲。

② 大姐：当时妓女的俗称。"姐""疖"谐音，所以说"出了一包儿脓"。

③ "三思而行"二句：化用《论语·公冶长》"季文子三思而后行，子闻之，曰：'再，斯可矣。'"语意，意思是临事不必多次思考，思考两次也就够了。再，二次。

④ 铜斗儿家缘家计：即"铜斗家私"，比喻坚牢、稳当的家财。

做不的丈夫。

（外旦云）你说我听咱。

（正旦唱）

【元和令】做丈夫的便做不的子弟，他终不解其意。那做子弟的他影儿里会虚脾[①]，那做丈夫的忒[②]老实。（外旦云）那周舍穿着一架子衣服，可也堪爱哩。（正旦唱）那厮虽穿着几件蛇蜋[③]皮，人伦事晓得甚的！

（云）妹子，你为甚么就要嫁他？

（外旦云）则为他知重您妹子，因此要嫁他。

（正旦云）他怎么知重你？

（外旦云）一年四季，夏天我好的一觉晌睡，他替你妹子打着扇；冬天替你妹子温的铺盖儿暖了，着你妹子歇息；但你妹子那里人情去，穿的那一套衣服，戴的那一付头面[④]，替你妹子提领

① 虚脾：虚情假意。

② 忒（tuī）：太。

③ 蛇（gè）蜋：屎壳郎，外壳乌黑发亮，很是好看。

④ 头面：首饰。

系、整钗镮。只为他这等知重你妹子，因此上一心要嫁他。

（正旦云）你原来为这般呵。（唱）

【上马娇】我听的说就里，你原来为这的，倒引的我忍不住笑微微。你道是暑月间扇子扇着你睡，冬月间着炭火煨，那愁他寒色透重衣。

【游四门】吃饭处，把匙头挑了筋共皮；出门去，提领系、整衣袂，戴插头面整梳篦。衠[①]一味是虚脾，女娘每不省越着迷。

【胜葫芦】你道这子弟情肠甜似蜜，但娶到他家里，多无半载周年相弃掷，早努牙突嘴，拳椎脚踢，打的你哭啼啼。

【幺篇】恁时节船到江心补漏迟，烦恼怨他谁？事要前思免后悔。我也劝你不得，有朝一日，准备着搭救你块望夫石。

（云）妹子，久以后你受苦呵，休来告我。

（外旦云）我便有那该死的罪，我也不来央告你。

（周舍上，云）小的每，把这礼物摆的好看些。

（正旦云）来的敢是周舍？那厮不言语便罢，他

① 衠（zhūn）：全部、整个，纯。

若但言，着他吃我几嘴好的。

（周舍云）那壁姨姨敢是赵盼儿么？

（正旦云）然也。

（周舍云）请姨姨吃些茶饭波。

（正旦云）你请我？家里饿皮脸也，揭了锅儿底，窨子里秋月——不曾见这等食[1]！

（周舍云）央及姨姨，保门亲事。

（正旦云）你着我保谁？

（周舍云）保宋引章。

（正旦云）你着我保宋引章那些儿？保他那针指油面，刺绣铺房，大裁小剪，生儿长女？

（周舍云）这歪剌骨[2]好歹嘴也。我已成了事，不索央你。

（正旦云）我去罢。（做出门科）

（安秀实上，云）姨姨，劝的引章如何？

（正旦云）不济事了也。

（安秀实云）这等呵，我上朝求官应举去罢。

◇◇◇◇◇◇◇◇◇◇

①“窨子里秋月”二句：歇后语。意思是地窨里出月亮，可没见过这样的事。窨（yìn）子，地窨。食，谐音“事”。

② 歪剌骨：卑劣下贱的人，旧时多用于妇女。

（正旦云）你且休去，我有用你处哩。

（安秀实云）依着姨姨说，我且在客店中安下，看你怎么发付我。（下）

（正旦唱）

【赚煞】这妮子是狐魅[①]人女妖精，缠郎君天魔祟。则他那裤儿里休猜做有腿，吐下鲜红血，则当做苏木水[②]。耳边休采那等闲食，那的是最容易、剜眼睛嫌的，则除是亲近着他便欢喜。（带云）着他疾省[③]呵，（唱）哎，你个双郎[④]子弟，安排下金冠霞帔[⑤]。（带云）一个夫人来到手儿里了。（唱）却则为三千张茶

① 狐魅：迷惑。传说狐狸狡猾，善于迷人，比喻用阴柔女色迷惑人。

②"则他那裤儿里休猜做有腿"三句：承上文说这妮子是女妖精，所以这里说她裤子里不会有人腿；有时装病吐血，你也只能把它当作苏木水。苏木水，一种红色染料。

③ 疾省：猛醒。

④ 双郎：指双渐，又称双同叔、双通叔。他和庐州妓女苏小卿相爱，小卿鸨母却将小卿卖给茶商冯魁。经过许多波折，最后双渐终于和苏小卿结为夫妇。其事始见南宋罗烨《醉翁谈录》，元曲中写双渐、苏卿故事颇多，流传甚广。

⑤ 金冠霞帔（pèi）：即"凤冠霞帔"，指古代官僚贵族妇女的盛装，一般用于婚礼时的装束。霞帔，有彩绣的披服。

引，嫁了冯魁[1]。（下）

（周舍云）辞了母亲，着大姐上轿，回咱郑州去来。（诗云）才出娼家门，便作良家妇。

（外旦诗云）只怕吃了良家亏，还想娼家做。

（同下）

① 三千张茶引：等于说钱财饶富。引，古代代表金额或准许购销货物的一种凭证，也指购销货物的重量。茶引，茶贩茶商卖茶纳税后由官府发给的凭证；一说，茶引之“引”为衡名，元代创制，见《草木子》卷三。冯魁，人名。他用三千张茶引的银子从鸨母处买走苏小卿。双渐状元及第后，寻访小卿，知被冯魁买走，张帆追赶，至金山，见苏小卿事先留在寺中的书信，便一夜千里赶到临安，夺回小卿，二人终于结为夫妇。

第二折

（周舍同外旦上，云）自家周舍是也。我骑马一世，驴背上失了一脚。我为娶这妇人呵，整整磨了半截舌头，才成得事。如今着这妇人上了轿，我骑了马，离了汴京，来到郑州。让他轿子在头里走，怕那一般的舍人说“周舍娶了宋引章”，被人笑话。则见那轿子一晃一晃的，我向前打那抬轿的小厮，道：“你这等欺我！”举起鞭子就打。问他道：“你走便走，晃怎么？”那小厮道：“不干我事，奶奶在里边不知做甚么？”我揭起轿帘一看，则见他精赤条条在里面打筋斗。来到家中，我说：“你套一床被我盖。”我到房里，只见被子倒高似床。我便叫：“那妇人在那里？”则听的被子里答应道：“周舍，我在被子里面哩。”我道：“在被子里面做甚么？”他道：“我套绵子[1]，

① 绵子：棉絮。旧时北方人做棉被，先缝好布套，再铺上棉絮，然后将棉絮翻转到里面。此处是周舍借这件事骂宋引章没有能耐，不会做事。

把我翻在里头了。”我拿起棍来，恰待要打，他道：“周舍，打我不打紧，休打了隔壁王婆婆。”我道：“好也，把邻舍都翻在被里面！”

（外旦云）我那里有这等事？

（周舍云）我也说不得这许多。兀那贱人，我手里有打杀的，无有买休卖休[1]的。且等我吃酒去，回来慢慢的打你。（下）

（外旦云）不信好人言，必有恓惶事。当初赵家姐姐劝我不听，果然进的门来，打了我五十杀威棒[2]。朝打暮骂，怕不死在他手里。我这隔壁有个王货郎，他如今去汴梁做买卖，我写一封书捎将去，着俺母亲和赵家姐姐来救我。若来迟了，我无那活的人也。天那，只被你打杀我也！（下）

（卜儿哭上，云）自家宋引章的母亲便是。有我女孩儿从嫁了周舍，昨日王货郎寄信来，上写着道：“从到他家，进门打了五十杀威棒。如今朝

◇◇◇◇◇◇◇◇◇◇

① 休：即休妻。指旧时丈夫抛弃妻子。买休，用钱赎身，与原夫断绝夫妻关系。卖休，指卖妻。

② 杀威棒：打棍子杀威风。本是对待初流配犯人的酷刑，此指对才进门妻妾的毒打。

打暮骂，看看至死，可急急央赵家姐姐来救我。”我拿着书去与赵家姐姐说知，怎生救他去。引章孩儿，则被你痛杀我也！（下）

（正旦上，云）自家赵盼儿。我想这门衣饭，几时是了也呵！（唱）

【商调集贤宾】咱这几年来待嫁人心事有，听的道谁揭债、谁买休。他每待强巴劫[①]深宅大院，怎知道摧折了舞榭歌楼？一个个眼张狂似漏了网的游鱼，一个个嘴卢都似跌了弹的斑鸠[②]。御园中可不道是栽路柳，好人家怎容这等娼优？他每初时间有些实意，临老也没回头。

【逍遥乐】那一个不因循成就[③]，那一个不顷刻前程，那一个不等闲间罢手。他每一做一个水上浮沤[④]。和爷娘结下不断见的冤

① 巴劫：巴结；依附，投靠。

② 嘴卢都似跌了弹的斑鸠：形容被石弹击中的斑鸠。嘴卢都，指撅着嘴不说话，一说，歪着嘴，口吐白沫的样子。

③ 因循成就：指轻易地成就婚事。

④ 浮沤：水泡。比喻妓女的婚姻难得长久。

仇，恰便似日月参辰和卯酉[1]，正中那男儿机彀[2]。他使那千般贞烈[3]，万种恩情，到如今一笔都勾。

（卜儿上，云）这是他门首，我索过去。（做见科，云）大姐，烦恼杀我也！

（正旦云）奶奶，你为甚么这般啼哭？

（卜儿云）好教大姐知道：引章不听你劝，嫁了周舍；进门去打了五十杀威棒，如今打的看看至死，不久身亡。姐姐，怎生是好？

（正旦云）呀！引章吃打了也。（唱）

【金菊香】想当日他暗成公事[4]，只怕不相投，我当初作念[5]你的言词今日都应口[6]。则你那去时，恰便似去秋。他本是薄幸的

① 参辰：参星和辰星。参星、辰星一在西方，一在东方，一起一落，不同时相见。卯酉：卯时和酉时，犹言一早一晚。卯，古代记时单位，相当于早上五至七时；酉，古代记时单位，相当于十七至十九时。

② 正中那男儿机彀（gòu）：比喻上当受骗。机彀，同机栝，箭弩机械。

③ 贞烈：封建时代对妇女的道德规范。封建伦理道德要求妇女对丈夫忠贞至死，“从一而终”。不改嫁，不失身，叫“贞”；保持贞节而死，叫“烈”。

④ 公事：此指婚事。

⑤ 作念：念叨，叙说。

⑥ 应口：应验。

班头[1]，还说道有恩爱、结绸缪[2]。

【醋葫芦】你铺排着鸳衾和凤帱[3]，指望效天长共地久；蓦入门知滋味便合休[4]。几番家眼睁睁打干净[5]待离了我这手[6]。（带云）赵盼儿，（唱）你做的个见死不救，可不羞杀这桃园中杀白马、宰乌牛[7]？

（云）既然是这般呵，谁着你嫁他来？

（卜儿云）大姐，周舍说誓来。

（正旦唱）

【幺篇】那一个不磣可可道横死亡[8]？那一个不实丕丕拔了短

◇◇◇◇◇◇◇◇◇◇

① 薄幸：薄情。班头：头领。

② 绸缪（chóu móu）：紧缠密绕，比喻情意绵绵的爱情。

③ 鸳衾（qīn）：鸳鸯被。凤帱（chóu）：鸾凤帐。此处语义双关，既指结婚时的床上陈设，也寓含合欢恩爱之意。

④ 滋味：对环境苦乐的感受。合休：应该罢休。

⑤ 几番家：几次，几回。打干净："打干净球儿"的省略，为当时俗语，意思是置身事外。

⑥ 待离了我这手：待不要插手。

⑦"可不羞杀"句：意为自己如果对宋引章的事撒手不管，就违背了当初结拜姐妹的情义，被前贤羞死。桃园中杀白马、宰乌牛，指三国时刘备、关羽、张飞桃园三结义故事。

⑧ 磣（chěn）可可：令人恐怖而难受的样子。道横死亡：发誓说不得好死。

筹[1]？则你这亚仙[2]子母老实头。普天下爱女娘[3]的子弟口，（带云）奶奶，不则周舍说谎也，（唱）那一个不指皇天各般说咒？恰似秋风过耳早休休[4]！

（卜儿云）姐姐，怎生搭救引章孩儿？

（正旦云）奶奶，我有两个压被的银子[5]，咱两个拿着买休去来。

（卜儿云）他说来："则有打死的，无有买休卖休的。"

（正旦寻思科，做与卜耳语科，云）则除是这般[6]。

（卜儿云）可是中也不中？

（正旦云）不妨事，将书来我看。

（卜递书科，正旦念云）"引章拜上姐姐并奶奶：当初不信好人之言，果有恓惶之事。进得他门，便

① 实丕丕：实在得很。丕丕，形容实在的程度。拔了短筹：短命早死。

② 亚仙：指唐代妓女李亚仙。唐人白行简小说《李娃传》写贵公子郑生与李娃相恋，历尽曲折，终于结成夫妇。元杂剧中皆称"李娃"为"李亚仙"。此处以喻宋引章。

③ 女娘：妓女。

④ 秋风过耳：指誓言像秋风从耳边吹过，说过后就完了，并非出自真心。休休：同"休也"，感叹词，犹言算了，罢了，完了。

⑤ 压被的银子：私房钱。

⑥ 则除是这般：除非是这样。意思是只有如此。

打我五十杀威棒。如今朝打暮骂，禁持不过[①]。你来的早，还得见我；来得迟呵，不能勾见我面了。只此拜上。”妹子也，当初谁教你做这事来！（唱）

【幺篇】想当初有忧呵同共忧，有愁呵一处愁。他道是残生早晚丧荒丘[②]，做了个游街野巷村务酒[③]；你道是百年之后，（云）妹子也，你不道来——这个也大姐，那个也大姐，出了一包脓；不如嫁个张郎妇，李郎妻，（唱）立一个妇名儿做鬼也风流？

（云）奶奶，那寄书的人去了不曾？

（卜儿云）还不曾去哩。

（正旦云）我写一封书寄与引章去。（做写科，唱）

【后庭花】我将这知心书[④]亲自修，教他把天机[⑤]休泄漏。传示

◇◇◇◇◇◇◇◇◇◇

① 禁持不过：忍受不住了。

② 残生：余生。丧荒丘：死在荒凉的坟场。

③ 做了个游街野巷村务酒：意思是成了可怜的游魂野鬼。游街野巷，是元代的酷刑之一。村务酒，是犯人死前在乡村酒店喝的永别酒。一说“村务酒”即“村酒务”，乡村的小酒店。

④ 知心书：机密信。

⑤ 天机：形容极端机密的计谋。

与休莽戆收心的女[1]，拜上你浑身疼的歹事头[2]。（带云）引章，我怎的劝你来？（唱）你好没来由，遭他毒手，无情的棍棒抽，赤津津[3]鲜血流，逐朝家如暴囚[4]，怕不将性命丢！况家乡隔郑州，有谁人相睬瞅，空这般出尽丑。

（卜儿哭科，云）我那女孩儿那里打熬得过！大姐，你可怎生[5]的救他一救？

（正旦云）奶奶，放心！（唱）

【柳叶儿】则教你怎生消受[6]，我索合[7]再做个机谋。把这云鬟蝉鬓[8]妆梳就，（带云）还再穿上些锦绣衣服。（唱）珊瑚钩、芙蓉扣[9]，扭捏的身子儿别样娇柔。

◇◇◇◇◇◇◇◇◇◇

① 传示：传信，指明。莽戆（gàng）：莽撞。收心：灰心，绝望。

② 浑身疼的歹事头：指宋引章。因前面说宋引章被周舍朝打暮骂，所以这里想象她“浑身疼”。歹事头，倒霉的人。

③ 赤津津：血淋淋。

④ 逐朝家：逐日，天天。家，口语语尾。暴囚：被虐待的囚犯。

⑤ 怎生：怎么，怎样。

⑥ 消受：忍受。

⑦ 索合：应该，必须。

⑧ 云鬟（huán）蝉鬓：古代妇女发髻的样式。

⑨ 珊瑚钩、芙蓉扣：都是古代妇女佩戴的装饰品。

【双雁儿】我着这粉脸儿搭救你女骷髅[1]，割舍的一不做二不休，拼了个由他咒也波咒。不是我说大口，怎出得我这烟月手[2]！

（卜儿云）姐姐，到那里子细着。（哭科，云）孩儿，则被你烦恼杀了我也！

（正旦唱）

【浪里来煞】你收拾了心上忧，你展放了眉间皱，我直着花叶不损觅归秋[3]。那厮爱女娘的心，见的便似驴共狗[4]，卖弄他玲珑剔透[5]。（云）我到那里，三言两句，肯写休书，万事俱休；若是不肯写休书，我将他掐一掐，拈一拈，搂一搂，抱一抱，着那厮通身酥、遍体麻。将他鼻凹儿抹上一块砂糖，着那厮舔又舔不着，吃又吃不着。赚得那厮写了休书，引章将的休书来，淹的[6]撇了。我这里出了门儿，（唱）可不是一场风月[7]，我着那汉一时休。（下）

① 女骷髅：形容面容憔悴的妇女，此指宋引章。
② 烟月手：烟月的手段。烟月，即烟花风月。烟花指妓女，风月指男女间不正当的关系。此处"烟月手"是指长于与嫖客间的钩心斗角的手段。
③ 花叶不损觅归秋：比喻不受伤害，好去好回。
④ 驴共狗：禽兽的意思。
⑤ 玲珑剔透：通明透彻的样子，形容技巧圆熟。
⑥ 淹的：忽然地。
⑦ 风月：指男女风情欢爱之事。

第三折

（周舍同店小二上，诗云）万事分已定，浮生空自忙。无非花共酒，恼乱我心肠。店小二，我着你开着这个客店，我那里希罕你那房钱养家？不问官妓私科子[1]，只等有好的来你客店里，你便来叫我。

（小二云）我知道。只是你脚头乱，一时间那里寻你去？

（周舍云）你来粉房[2]里寻我。

（小二云）粉房里没有呵？

（周舍云）赌房里来寻。

（小二云）赌房里没有呵？

（周舍云）牢房里来寻。（下）

（丑扮小闲挑笼上，诗云）钉靴雨伞为活计，偷寒送暖作营生。不是闲人闲不得，及至得了闲时

① 私科子：暗娼。

② 粉房：妓院。

又闲不成。自家张小闲的便是。平生做不的买卖，止是与歌者姐姐每叫些人，两头往来，传消寄信都是我。这里有个大姐赵盼儿，着我收拾两箱子衣服行李，往郑州去。都收拾停当了，请姐姐上马。

（正旦上，云）小闲，我这等打扮，可冲动得那厮么？

（小闲做倒科）

（正旦云）你做甚么哩？

（小闲云）休道冲动那厮，这一会儿连小闲也酥倒了。

（正旦唱）

【正宫端正好】则为他满怀愁，心间闷，做的个进退无门。那婆娘家一涌性[1]无思忖，我可也强打入迷魂阵。

【滚绣球】我这里微微的把气喷，输个姓因[2]，怎不教那厮背槽

◇◇◇◇◇◇◇◇◇◇

① 一涌性：一时冲动。

② 输个姓因：此句语义不明。有人认为，"姓因"疑为"婚姻"之误，输即输赢之输；有人认为，"姓因"系"信音"的借字，输即送，给予；也有人认为"姓因"乃"情"字的急读，此句即"给点春情"的意思。译文姑从第一说。

抛粪[1]，更做道普天下无他这等郎君。想着容易情，忒献勤，几番家待要不问；第一来我则是可怜见无主娘亲，第二来是我惯曾为旅偏怜客，第三来也是我自己贪杯惜醉人。到那里呵，也索费些精神。

（云）说话之间，早来到郑州地方了。小闲，接了马者，且在柳阴下歇一歇咱。

（小闲云）我知道。

（正旦云）小闲，咱闲口论闲话：这好人家好举止，恶人家恶家法。

（小闲云）姐姐，你说我听。

（正旦唱）

【倘秀才】县君的则是县君，妓人的则是妓人。怕不扭捏着身子蓦[2]入他门；怎禁他使数的到支分[3]，背地里暗忍。

【滚绣球】那好人家将粉扑儿浅淡匀，那里像咱干茨腊[4]手抢着

① 背槽抛粪：指牛马等牲口背转过身离开食料槽就拉屎，比喻忘恩负义。

② 蓦：迈。

③ 使数：随从，供使唤的人。支分：打发，差遣。

④ 干茨腊：也作“干支剌”，形容干枯的样子。

粉；好人家将那篦梳儿慢慢地铺鬓，那里像咱解了那襻胸带[1]，下颏上勒一道深痕。好人家知个远近，觑个向顺，衠一味良人家风韵；那里像咱们，恰便是空房中锁定个猢孙[2]：有那千般不实乔躯老[3]，有万种虚嚣歹议论，断不了风尘[4]。

（小闲云）这里一个客店，姐姐好住下罢。

（正旦云）叫店家来。

（店小二见科）

（正旦云）小二哥，你打扫一间干净房儿，放下行李。你与我请将周舍来，说我在这里久等多时也。

（小二云）我知道。（做行叫科，云）小哥在那里？

（周舍上，云）店小二，有甚么事？

（小二云）店里有个好女子请你哩。

（周舍云）咱和你就去来。（做见科，云）是好一

① 襻（pàn）：结，系，连缀。胸带：古时妇女梳头时用来包裹头发的带子，要缠过下颏。

② 猢孙：即“猢狲”，猴子的别称。

③ 乔躯老：怪模怪样、别别扭扭的身段姿态。乔，装扮，作假。

④ 风尘：指妓院，亦指妓女。

个科子也。

（正旦云）周舍，你来了也。（唱）

【幺篇】俺那妹子儿有见闻，可有福分，抬举的个丈夫俊上添俊，年纪儿恰正青春。（周舍云）我那里曾见你来？我在客火[①]里，你弹着一架筝，我不与了你个褐色绸段儿？（正旦云）小的，你可见来？（小闲云）不曾见他有甚么褐色绸段儿。（周舍云）哦，早起杭州客火散了，赶到陕西客火里吃酒。我不与了大姐一分饭来？（正旦云）小的每，你可见来？（小闲云）我不曾见。（正旦唱）你则是忒现新[②]，忒忘昏[③]，更做道你眼钝。那唱词话的有两句留文：咱也曾武陵溪畔曾相识，今日佯推不认人[④]。我为你断梦劳魂[⑤]。

（周舍云）我想起来了，你敢是赵盼儿么？

（正旦云）然也。

① 客火：客店。

② 忒现新：太喜新厌旧。

③ 忘昏：犹糊涂。

④ 唱词话：民间曲艺，有说有唱。“武陵溪畔曾相识”二句：即词话所说唱的刘晨、阮肇入山采药，遇仙女于溪边的故事。

⑤ 断梦劳魂：形容苦苦相思，睡不安稳。

（周舍云）你是赵盼儿，好，好！当初破亲也是你来。小二，关了店门，则打这小闲。

（小闲云）你休要打我。俺姐姐将着锦绣衣服，一房一卧[1]来嫁你，你倒打我？

（正旦云）周舍，你坐下，你听我说。你在南京[2]时，人说你周舍名字，说的我耳满鼻满的，则是不曾见你。后得见你呵，害的我不茶不饭，只是思想着你。听的你娶了宋引章，教我如何不恼？周舍，我待嫁你，你却着我保亲！（唱）

【倘秀才】我当初倚大呵妆儇[3]主婚，怎知我嫉妒呵特故里[4]破亲？你这厮外相儿通疏就里村[5]！你今日结婚姻，咱就肯罢论。

（云）我好意将着车辆鞍马奁房[6]来寻你，你划地将我打骂？小闲，拦回车儿，咱家去来。

① 一房一卧：一房妆奁，一床铺盖。

② 南京：即汴梁，今河南开封，金主完颜亮改汴都作南京。

③ 妆儇（xuān）：装假，装腔作势。

④ 特故里：特别，特意。里，语助词，无义。

⑤ 外相儿通疏就里村：外表聪明，内里却很蠢。就里，内中，内情。

⑥ 奁（lián）房：妆奁、嫁妆。

（周舍云）早知姐姐来嫁我，我怎肯打舅舅？

（正旦云）你真个不知道？你既不知，你休出店门，只守着我坐下。

（周舍云）休说一两日，就是一两年，您儿也坐的将去。

（外旦上，云）周舍两三日不家去，我寻到这店门首，我试看咱。原来是赵盼儿和周舍坐哩。兀那老弟子不识羞，直赶到这里来。周舍，你再不要来家，等你来时，我拿一把刀子，你拿一把刀子，和你一递一刀子戳哩。（下）

（周舍取棍科，云）我和你抢生吃哩！[1]不是奶奶在这里，我打杀你。

（正旦唱）

【脱布衫】我更是的不待饶人，我为甚不敢明闻；肋底下插柴自忍[2]，怎见你便打他一顿？

【小梁州】可不道一夜夫妻百夜恩，你可便息怒停嗔。你村时

◇◇◇◇◇◇◇◇◇◇

① 我和你抢生吃哩！：难道我和你抢生东西吃。承上文“一递一刀子戳”说的。

② 肋底下插柴自忍：俗语，意为痛苦只好自己隐忍。

节背地里使些村，对着我合思忖：那一个双同叔[①]打杀俏红裙？

【幺篇】则见他恶哏哏摸按着无情棍，便有火性的不似你个郎君。（云）你拿着偌粗的棍棒，倘或打杀他呵，可怎了？（周舍云）丈夫打杀老婆，不该偿命。（正旦云）这等说，谁敢嫁你？（背唱）我假意儿瞒，虚科儿喷[②]，着这厮有家难奔。妹子也，你试看咱风月救风尘。

（云）周舍，你好道儿[③]。你这里坐着，点的你媳妇来骂我这一场。小闲，拦回车儿，咱回去来。

（周舍云）好奶奶，请坐。我不知道他来；我若知道他来，我就该死。

（正旦云）你真个不曾使他来？这妮子不贤惠，打一棒快球子[④]，你舍的宋引章，我一发嫁你。

（周舍云）我到家里就休了他。（背云）且慢着，那个妇人我平日间打怕的，若与了一纸休书，那妇人就一道烟去了。这婆娘他若是不嫁我呵，可

① 双同叔：双渐，见第 13 页“双郎”注。

② 虚科儿喷：装模作样地哄骗。

③ 道儿：诡计。

④ 打一棒快球子：当时打球的行话，比喻快速解决问题。

不弄的尖担两头脱？休的造次[1]，把这婆娘摇撼的实着。（向旦云）奶奶，您孩儿肚肠是驴马的见识。我今家去把媳妇休了呵，奶奶，你把肉吊窗儿[2]放下来，可不嫁我，做的个尖担两头脱。奶奶，你说下个誓着。

（正旦云）周舍，你真个要我赌咒？你若休了媳妇，我不嫁你呵，我着堂子[3]里马踏杀，灯草打折肷儿骨[4]。你逼的我赌这般重咒哩！

（周舍云）小二，将酒来。

（正旦云）休买酒，我车儿上有十瓶酒哩。

（周舍云）还要买羊。

（正旦云）休买羊，我车上有个熟羊哩。

（周舍云）好好好，待我买红[5]去。

（正旦云）休买红，我箱子里有一对大红罗。周舍，你争甚么那？你的便是我的，我的就是你的。（唱）

---

① 造次：莽撞。

② 肉吊窗儿：指眼皮儿。

③ 堂子：指澡堂，浴室。

④ 肷（qiǎn）儿骨：腰骨。肷，本指家畜腰下、股前、肋骨之后的软陷处。此借指人的腰部。

⑤ 红：红罗。红色丝织品，是旧时婚礼时的用品。

【二煞】则这紧的到头终是紧，亲的原来只是亲。凭着我花朵儿身躯，笋条儿年纪，为这锦片儿前程，倒赔了几锭儿花银。拼着个十米九糠[①]，问甚么两妇三妻！受了些万苦千辛，我着人头上气忍，不枉了一世做郎君。

【黄钟尾】你穷杀呵甘心守分捱贫困，你富呵休笑我饱暖生淫惹议论。您心中觑个意顺，但休了你这眼下人，不要你钱财使半文，早是我走将来自上门。家业家私待你六亲，肥马轻裘待你一身，倒贴了奁房和你为眷姻。（云）我若还嫁了你，我不比[②]那宋引章，针指油面[③]、刺绣铺房[④]、大裁小剪，都不晓得一些儿的。（唱）我将你写了的休书正了本[⑤]。（同下）

① 拼着个十米九糠：意为不管好歹。十米九糠，当时成语，比喻坏的多、好的少。
② 不比：不同于。
③ 针指：即针黹。指剪裁缝纫等针线活。油面：用油涂抹脸。指美容化妆，修饰打扮。
④ 铺房：宋时婚俗。婚礼前一天，女家派人到男家铺设卧室。此指收拾整理房间。
⑤ 我将你写了的休书正了本：意思是说我（赵盼儿自指）会让你（指周舍）觉得休弃宋引章所付出的代价是值得的。正了本，即够本。

第四折

（外旦上，云）这些时周舍敢待来也。

（周舍上，见科）

（外旦云）周舍，你要吃甚么茶饭？

（周舍做怒科，云）好也，将纸笔来，写与你一纸休书，你快走。

（外旦接休书不走科，云）我有甚么不是，你休了我？

（周舍云）你还在这里？你快走！

（外旦云）你真个休了我？你当初要我时怎么样说来？你这负心汉，害天灾的！你要去，我偏不去。（周舍推出门科）（外旦云）我出的这门来。周舍，你好痴也！赵盼儿姐姐，你好强也！我将着这休书，直至店中寻姐姐去来。（下）

（周舍云）这贱人去了，我到店中娶那妇人去。

（做到店科，叫云）店小二，恰才来的那妇人在那里？

（小二云）你刚出门，他也上马去了。

（周舍云）倒着他道儿了。将马来，我赶将他去。

（小二云）马揣驹[①]了。

（周舍云）鞁[②]骡子。

（小二云）骡子漏蹄[③]。

（周舍云）这等，我步行赶将他去。

（小二云）我也赶他去。（同下）

（旦同外旦上）

（外旦云）若不是姐姐，我怎能勾出的这门也！

（正旦云）走走走！（唱）

【双调新水令】笑吟吟案板[④]似写着休书，则俺这脱空[⑤]的故人何处？卖弄他能爱女、有权术，怎禁那得胜葫芦说到有九千句[⑥]。

（云）引章，你将那休书来与我看咱。（外旦付休

① 揣驹：怀上小马驹。
② 鞁（bèi）：同"鞴"，把鞍辔等套在马、骡身上。
③ 漏蹄：牲口蹄子生的一种疾病，疼痛不能行走。
④ 案板：切菜用的厚木板。借板面平稳，比喻办事的稳妥可靠。
⑤ 脱空：说谎、不实在。
⑥ 得胜葫芦说到有九千句：意为抵不过我这张厉害的嘴。葫芦，指嘴巴。

书）（正旦换科，云）引章，你再要嫁人时，全凭这一张纸是个照证，你收好者！（外旦接科）

（周舍赶上，喝云）贱人，那里去？宋引章，你是我的老婆，如何逃走？

（外旦云）周舍，你与了我休书，赶出我来了。

（周舍云）休书上手模印五个指头，那里四个指头的是休书？（外旦展看，周夺咬碎科）

（外旦云）姐姐，周舍咬了我的休书也。（旦上救科）

（周舍云）你也是我的老婆。

（正旦云）我怎么是你的老婆？

（周舍云）你吃了我的酒来。

（正旦云）我车上有十瓶好酒，怎么是你的？

（周舍云）你可受我的羊来。

（正旦云）我自有一只熟羊，怎么是你的？

（周舍云）你受我的红定[①]来。

（正旦云）我自有大红罗，怎么是你的？（唱）

① 红定：订婚时下聘的礼物。

【乔牌儿】酒和羊，车上物；大红罗，自将去。你一心淫滥无是处，要将人白赖取。

（周舍云）你曾说过誓嫁我来。

（正旦唱）

【庆东原】俺须是卖空虚，凭着那说来的盟言咒誓为活路[1]。（带云）怕你不信呵。（唱）遍花街请到娼家女，那一个不对着明香宝烛，那一个不指着皇天后土，那一个不赌着鬼戮神诛？若信这咒盟言，早死的绝门户。

（云）引章妹子，你跟将他去。

（外旦怕科，云）姐姐，跟了他去就是死。

（正旦唱）

【落梅风】则为你无思虑、忒模糊。（周舍云）休书已毁了，你不跟我去待怎么？（外旦怕科）（正旦云）妹子休慌莫怕！咬碎的是假休书。（唱）我特故抄与你个休书题目[2]，我跟前现

① 活路：可以变通的门路。

② 休书题目：指抄给宋引章的假休书。

放着这亲模[1]。（周舍夺科）（正旦唱）便有九头牛也拽不出去。

（周扯二旦科，云）明有王法，我和你告官去来。

（同下）

（外扮孤引张千上，诗云）声名德化九重[2]闻，良夜家家不闭门。雨后有人耕绿野，月明无犬吠花村。小官郑州守李公弼是也。今日升起早衙，断理些公事。张千，喝撺箱。

（张千云）理会的。

（周舍同二旦、卜儿上）

（周叫云）冤屈也！

（孤云）告甚么事？

（周舍云）大人可怜见，混赖[3]我媳妇。

（孤云）谁混赖你的媳妇？

（周舍云）是赵盼儿设计混赖我媳妇宋引章。

（孤云）那妇人怎么说？

（正旦云）宋引章是有丈夫的，被周舍强占为妻，

① 亲模：亲自写下的真文书。亲，真切。

② 九重：指朝廷。

③ 混赖：诈骗，骗取。

昨日又与了休书，怎么是小妇人混赖他的？（唱）

【雁儿落】这厮心狠毒，这厮家豪富，衠一味虚肚肠，不踏着实途路。

【得胜令】宋引章有亲夫，他强占作家属。淫乱心情歹，凶顽胆气粗。无徒[①]！到处里胡为做。现放着休书，望恩官明鉴取。

（安秀实上，云）适才赵盼儿使人来说："宋引章已有休书了，你快告官去，便好娶他。"这里是衙门首，不免高叫道：冤屈也！

（孤云）衙门外谁闹？拿过来！

（张千拿入科，云）告人当面。

（孤云）你告谁来？

（安秀实云）我安秀实，聘下宋引章，被郑州周舍强夺为妻，乞大人做主咱。

（孤云）谁是保亲？

（安秀实云）是赵盼儿。

（孤云）赵盼儿，你说宋引章原有丈夫，是谁？

① 无徒：无赖。

（正旦云）正是这安秀才。（唱）

【沽美酒】他幼年间便习儒，腹隐着九经书[1]，又是俺共里同村一处居；接受了钗环财物，明是个良人妇。

（孤云）赵盼儿，我问你：这保亲的委是你么？

（正旦云）是小妇人。（唱）

【太平令】现放着保亲的堪为凭据，怎当他抢亲的百计亏图[2]？那里是明婚正娶，公然的伤风败俗！今日个诉与太府做主，可怜见断他夫妻完聚。

（孤云）周舍，那宋引章明明有丈夫的，你怎生还赖是你的妻子？若不看你父亲面上，送你有司问罪。您一行人听我下断：周舍杖六十，与民一体[3]当差；宋引章仍归安秀才为妻；赵盼儿等宁

① 九经书：泛指各种经书，九不是实数。

② 亏图：图谋暗算。

③ 一体：一样。

家住坐[1]。

（词云）只为老虔婆[2]受贿贪钱，赵盼儿细说根源，采周舍不安本业，安秀才夫妇团圆。（众叩谢科）

（正旦唱）

【收尾】对恩官一一说缘故，分剖开贪夫怨女；面糊盆[3]再休说死生交，风月所重谐燕莺侣[4]。

题目　安秀才花柳成花烛

正名　赵盼儿风月救风尘

① 宁家住坐：宋元官府判案用语，意为回家安分守己过日子。

② 虔婆：即鸨母，旧时指妓女的假母。

③ 面糊盆：比喻糊里糊涂的环境或缠绕不清的事。

④ 谐燕莺侣：比喻美满婚姻。

安秀才花柳成花燭

译文

第一折

（周舍上）

周　舍　（念诗）酒肉场中三十载，花星整照二十年。一生不识柴米价，只少花钱共酒钱。

（云）我是郑州人，周同知的孩儿周舍。从小在花柳巷里做嫖客。这汴梁城里，有一个歌女，就是宋引章。她一心想嫁我，我一心想娶她，不料她妈妈不肯。我现在做买卖回来，今天特地到她家里去，一来去看她妈妈，二来就提这门亲事，这多好。（下）

（宋母与宋引章上）

宋　母　（云）我是汴梁人，自家姓李，丈夫姓宋，早年就已去世。只有这个女儿，叫作宋引章。俺孩儿拆白道字、顶真续麻，没有一件不会，没有一件不懂。郑州周舍，和俺孩儿相好多年，一个想娶，一个愿嫁，我只是敷衍应付，怎能就答应？引章，那周舍的亲事，不是我千方百计阻挠，只怕你以后自己受苦。

宋引章　（云）奶奶，没关系。我一心只想要嫁给他。

宋　母　（云）随你！随你！

（周舍上）

周　舍　（云）我是周舍，来到这里，正好是她家门口，只管进去。

（周舍与引章相见）

宋引章　（云）周舍，你来了啊！

周　舍　（云）我专程来问这桩亲事。母亲怎么说？

宋引章　（云）母亲答应了亲事啦。

周　舍　（云）我见母亲去。

（与宋母相见）母亲，我专程来问这桩亲事哩。

宋　母　（云）今天是好日子，我答应了你。只是你别欺负俺孩儿。

周　舍　（云）我决不敢欺侮大姐。母亲，把你那些姊妹弟兄都邀请了，我收拾了就来啦。

宋　母　（云）大姐，你在家照看。我去请那一班老姊妹来。

周　舍　（念诗）数载间费尽精神，到今朝才许成亲。

宋引章　（接念）这都是天缘注定。

宋　母　（接念）也还有不测风云。

（同下。安秀实上）

安秀实　（念诗）刘蕡下第千年恨，范丹守志一生贫。料得苍天如有意，断然不负读书人。

（云）我姓安，名秀实，洛阳人。从小熟读儒家经典，学成满腹文章，只是平生不能忘情花酒。来到这汴梁，有一个歌女宋引章，和俺作伴。当初她想嫁给我，现在却要嫁给周舍。她有一个八拜结交的姐姐是赵盼儿，我央求她去劝一劝，也没什么不好。赵大姐在家吗？

（赵盼儿上）

赵盼儿　（云）我是赵盼儿。听见有人叫门，我开门看一看吧。

（见安秀实，云）我以为是谁，原来是妹夫。你从哪里来？

安秀实　（云）我专程来烦劳你。当初引章姨姨要嫁给我，现在她却要嫁给周舍，我央求你去劝她一劝。

赵盼儿　（云）当初这亲事不是答应你了吗？现又想嫁给别人。这姻缘事也真是不容易啊！

（唱）妓女追陪，觅钱一世。

收场时，

怎能够夫唱妻随，
敬重咱风流婿？

我想这姻缘婚配，
纵然差了一刻一时，
也难勉强成双成对。
哪里来中意？
怎么地相知？
纵然是脚碰着后脑成事早，
怎知他手拍着胸脯后悔迟。
求婚姻，觅归宿，
恰正是黑海一般难寻觅。
料想是良心纵不问，
天理也难欺。

姻缘簿难道全凭我与你，
谁不想拣一个称心如意的？
她们都拣来拣去千百回，
想嫁一个老实的，
又怕一辈子难成对；
想嫁一个聪俊的，

又怕半路里轻抛弃。
拼着自甘轻贱往狗尿处躲，
纵然是不嫌卑污藏往牛粪里，
免不了跌个嘴啃泥，
那时候又瞪着眼睛怨得了谁？

我想这先嫁的还没有过上几日，
早已被折磨得容貌呵瘦似鬼。
只叫你难分辩、难诉说、泪空垂。
我看了些追求婚姻的俏姑娘，
见了些铁石心肠的男儿辈。
纵然一辈子孤身独眠，
我也不诧异！

（云）妹夫，我倒也想嫁一个客人，不过有个比喻。

安秀实　（云）什么比喻？

赵盼儿　（唱）想要装得老实，
学做三从四德；
怎奈是男的匪、女的妓，
双方都三心二意。
真的是哪里是归宿结尾？

俺虽然住在柳陌中、花街内，
可哪件儿得过便宜？

俺不是把酸果卖作甜梨，
他却是横眉竖眼来挑剔。
一个个败坏人伦，胡作非为！
（云）只要来上二三趟，向他要钱，他就说：“这婊子敲竹杠哩！”
（唱）只要见俺有些不伶俐，
就说是姑娘家想哄骗东西。

那姑娘们呵，
有人喜欢做娼妓，
有人喜欢做小妾。
持家的白落得淘闲气，
弄虚的赚取些羊羔利，
嫁人的早中了拖刀计。
她正是：
南头做了北头开，
东行不见西行例。
（云）妹夫，你暂且坐一会，我去劝她。能劝醒她时，你别欢喜；劝不醒她时，别烦恼。

安秀实　（云）我不坐了。暂且回家去等消息吧。大姐多费心了。（下）

（赵盼儿前行，来到宋家，与引章相见）

赵盼儿　（云）妹子，你到哪里做客去？

宋引章　（云）我不去做客，我打算嫁人哩！

赵盼儿　（云）我正想来给你保亲。

宋引章　（云）你保谁？

赵盼儿　（云）我保安秀才。

宋引章　（云）我嫁了安秀才呵，一对儿做乞丐，正好唱莲花落。

赵盼儿　（云）你想嫁谁？

宋引章　（云）我嫁周舍。

赵盼儿　（云）你现在嫁人，恐怕还早了些吧？

宋引章　（云）有什么早不早的！今天也大姐，明天也大姐，（大疖）出了一包儿脓。我嫁了人，做一个张郎家妇，李郎家妻，立一个妇名，我做鬼也是风流的。

赵盼儿　（唱）你也该三思而行，再思可矣。

你现在年纪还小呢，

我给你慢慢地另找婚配。

那时你能得好处，
只须守着殷实的家产家私。
也是你歹姐姐把衷肠话来劝妹妹，
我怕你受不了男儿脾气。

（云）妹子，那做丈夫的做不得嫖客；做嫖客的却也做不得丈夫。

宋引章 （云）你说给我听听。

赵盼儿 （唱）做丈夫的就做不了嫖客，
因为他终不知其中意味。
那做嫖客的骨子里会作假，
那做丈夫的却又太老实。

宋引章 （云）那周舍穿着一身衣服，好惹人喜欢哩。

赵盼儿 （唱）那家伙虽然穿着几件蛇螂皮，
其实是蛇螂吃粪满腹屎，
人伦事晓得啥的！

（云）妹子，你为什么只想嫁他？

宋引章 （云）只因为他敬重你妹子，所以想嫁他。

赵盼儿 （云）他怎样敬重你？

宋引章 （云）一年四季，夏天我好好地睡一个午觉，他替你妹子打着扇；冬天替你妹子温得被窝儿暖了，叫你妹子休息；只要你妹子出去做客，穿的都是他给的那一套衣服，戴的是他给的那一副首饰，还替你妹子系领扣，整钗环。只因为他这样敬重你妹子，所以才一心想嫁他。

赵盼儿 （云）你原来是为了这些呵。

（唱）我听着你说原因，

你原来是为了这些，

倒引得我忍不住笑微微。

你说是暑天里扇子扇着你睡，

冬天里让那炭火煨，

哪愁他寒冷透重衣。

吃饭时，

用筷子剔了筋和皮；

出门去，

系领扣、整衣袂，

梳头束发戴首饰。

一味儿全是假意，

姑娘们不醒悟反而越着迷。

你说这嫖客情肠甜似蜜，

只要娶到他家里，
多半不上半载一年就抛弃，
早已是龇牙咧嘴，
拳打脚踢，
打得你哭哭啼啼。
到这时候，
真是船到江心补漏迟，
烦恼满腹怨得了谁？
事要前思免后悔。
现在我也劝你不动，
有朝一日，
准备着搭救你一块望夫石。

（云）妹子，往后你受苦呵，别来求我。

宋引章　（云）我就是真的受了那该死的罪，也不会来求你的。

（周舍上）

周　舍　（云）孩儿们，把这礼物摆得好看一些。

赵盼儿　（云）来的大概是周舍吧？那家伙不说就罢，他要是多嘴，就让他吃我几句好听的！

周　舍　（云）那边姨姨大概是赵盼儿吧？

赵盼儿　（云）是啊。

周　舍　（云）请姨姨喝点儿茶吧。

赵盼儿　（云）你请我？我家里饿死人啦？揭了锅底啦？真是地窖里出月亮——我可没见过这样的事！

周　舍　（云）央求姨姨保门亲事。

赵盼儿　（云）你叫我保谁？

周　舍　（云）保宋引章。

赵盼儿　（云）你叫我保宋引章哪点儿？保她那针指女工，烧菜做饭，刺绣铺床，大裁小剪，生儿育女？

周　舍　（云）这赖婆娘好毒的嘴哪！我已经成了事，用不着求你。

赵盼儿　（云）我还是走吧。（出门）

（安秀实上）

安秀实　（云）姨姨，劝得引章怎么样了？

赵盼儿　（云）不行了呵。

安秀实　（云）这样呵，我进京应考求官去吧。

赵盼儿　（云）你暂且别去。我还要用着你哩。

安秀实　（云）依了姨姨的话，我姑且在客店里住下，看你怎么用着我。（下）

赵盼儿　（唱）这妮子是狐魅人的女妖怪，

缠郎君的天魔鬼。

她那裤管里，别以为有人腿，

吐下口鲜红血，

只当作红药水。

耳边别听那种等闲事，

那确是最容易、变作眼中刺，

——除非是讨好着她才欢喜。

（带云）让她猛醒呵，

（唱）哎，

你这个志诚的双渐，

替她安排好了凤冠霞帔。

（带云）一个诰命夫人眼看到手了，

（唱）她却只为了三千茶引，

嫁给了冯魁。（下）

周　舍　（云）辞了母亲，让大姐上轿，回咱郑州去。

（念诗）才出娼家门，便作良家妇。

宋引章　（念诗）只怕吃了良家亏，还想娼家做。（同下）

第二折

（周舍与宋引章上）

周　舍　（云）自家是周舍。我骑马一世，却在驴背上跌了一跤。我为娶这女人呵，整整磨短了半截舌头，才成了事。现在使这女人上了轿，我骑着马，离开汴京，来到郑州。我让她的轿子走在前面，怕那些跟我一样的哥儿们说“周舍娶了宋引章”，被人笑话。只见那轿子一晃一晃的，我上前打那抬轿的小伙，说：“你这样欺侮我！”举起鞭子就打。我问他：“你走就走，晃什么？”那小伙说：“不关我的事，奶奶在里边不知做什么？”我揭开轿帘一看，只见她赤身裸体的在里面翻跟斗。来到家里，我说：“你套一床被给我盖。”我到房里，只见被子倒高得像床铺。我就叫：“那女人在哪里？”只听见被子里答应道：“周舍，我在被子里哩。”我说：“在被子里面做什么？”她说：“我套棉絮，把我翻在里头了。”我拿起棍子，正想要打，她说：“周舍，打我不要紧，别打了隔壁王婆婆。”我说：“好哇，把邻居都翻在被套里面了！”

宋引章　（云）我哪里有过这种事？

周　舍　（云）我也说不了这许多。那贱人，我手里有打死的，没有买休卖休的。让我暂且吃酒去，回来再慢慢地打你。（下）

宋引章　（云）不信好人言，必有苦恼事。当初赵家姐姐来劝，我不听，果真才进了门，就打了我五十杀威棒。这样朝打暮骂，岂不是要死在他手里。我这隔壁有个王货郎，他现在要去汴梁做买卖，我写一封信让他捎去，叫俺母亲和赵家姐姐来救我。要是来迟了，我就不是活的人了。天哪，被你打杀我了啊！（下）

宋　母　（哭上，云）自家是宋引章的母亲。我女儿自从嫁给周舍，昨天托王货郎捎信来，信里写道：“自从来到他家，进门就打了五十杀威棒。如今朝打暮骂，眼看将死，可急急央求赵家姐姐来救我。”我拿着信去告诉赵家姐姐，看怎么去救她。引章孩儿，被你痛杀我了啊！（下）

（赵盼儿上）

赵盼儿 （云）我是赵盼儿。我想咱这门行当，何时是个了结呵！

（唱）咱这几年想嫁人的心思也曾有，
听得人说谁借债、谁买休。
她们硬巴结深宅大院，
怎知道反而摧折了舞榭歌楼？
一个个张大惊诧的眼，恰如是漏网游鱼，
一个个嘴歪斜，好似石弹击伤的斑鸠。
御园里岂能栽种路边花柳，
好人家怎容得这种娼优？
他们开始时还有些儿真情，
到后来再没回头。

哪一个不是轻易结合？
哪一个不是片刻散伙？
哪一个不是随便分手？
她们一个个似水上浮泡难长久，
和爹娘结下不相见的冤仇。
恰正似日月、参辰和卯酉，
一早一晚不碰头，

正中了那男儿的计谋。

他使那千般贞烈，万种恩情，

到如今一笔勾走。

（宋母上）

宋　母　（云）这是她门口，我只管过去。

（与赵盼儿相见，云）大姐，烦恼杀我了啊！

赵盼儿　（云）奶奶，你为什么这样哭泣？

宋　母　（云）好让大姐知道：引章不听你的劝告，嫁给了周舍。进门去就打了五十杀威棒，如今打得眼看将死，不久身亡。姐姐，怎么办才好？

赵盼儿　（云）呀，引章吃打了哪！

（唱）想当初她悄悄成亲事，

还只怕不能够。

我当初唠叨你的话头，

今天是应验时候。

你那会儿去的时刻，

恰好似飘逝的清秋。

他本是薄情的领头，

你还说有恩爱、结绸缪。

你铺好了鸳鸯被和凤凰帐，
指望着效仿做天长与地久；
迈入门知滋味就明白应罢休。
我几次三番想冷眼作旁观，
落得个干净，
待不要插手。
（带云）赵盼儿，
（接唱）你做什么见死不救，
岂不是羞杀这桃园中结义，
杀白马，宰乌牛？
（云）既然这样呵，谁叫你嫁给他的？
宋　母　（云）大姐，周舍立过誓的。
赵盼儿　（唱）哪一个不惨凄凄发誓说不得好死？
哪一个不是实丕丕成短寿？
只有你这李亚仙母女老实头，
相信那普天下玩弄姑娘的嫖客口，
（带云）奶奶，不只周舍说谎啊，
（接唱）哪一个不指皇天百般赌咒？
到头来，
恰似那秋风过耳早休休！
宋　母　（云）姐姐，怎么搭救引章孩儿？

赵盼儿　（云）奶奶，我有几个私房钱，咱俩拿着去买得他休书回来。

宋　母　（云）他说："只有打死的，没有买休卖休的。"

赵盼儿　（沉思片刻，对宋母耳语云）除非是这样才行。

宋　母　（云）这行不行啊？

赵盼儿　（云）没关系。拿信来给我看。

（接过信念）"引章拜上姐姐与奶奶：当初不信好人言，果有烦恼事。进得他门，就打我五十杀威棒。如今朝打暮骂，被折磨得忍受不了。你们来得早时，还能见到我；来得迟呵，就不能够见我的面了。专此拜上。"妹子啊，当初谁让你做这事的！

（唱）想当初有忧呵，一同忧，
有愁呵，一起愁。
到如今，
她说是残生早晚丧荒丘，
落得个可怜的游魂无处走；
可当时你说是百年之后——

（云）妹子呀，你不是说吗，这个也大姐，那个也大姐，大姐（疖）出了一包脓；不如做个张郎妇，李郎妻，

（唱）立一个妇名儿做鬼也风流？

（云）奶奶，那捎信的人去了没有？

宋　母　（云）还没有去哩。

赵盼儿　（云）我写一封信捎去给引章。（写信）

（唱）我把这知心的信儿亲手写，

叫她莫把天机来泄漏。

传示给休莽撞、绝望的女孩儿，

拜上你浑身疼倒霉的小鬼头。

（带云）引章，我是怎么劝你的？

（唱）你好没理由，

去遭他毒手。

无情的棍棒抽，

殷红的鲜血流，

每日里如死囚，

岂不把性命丢！

况家乡隔郑州，

有哪个来看顾，

白这样出尽丑。

宋　母　（哭，云）我那女孩儿怎么忍受得了啊！

大姐，你该怎么救她一救？

赵盼儿　（云）奶奶，放心！

（唱）只教你怎么忍受，
我必须再做一个计谋。
把这云鬟蝉鬓梳理罢，
（带云）还再穿上些锦绣衣服。
（唱）珊瑚钩、芙蓉扣，
扭捏得身子儿格外娇柔。

我让这粉脸儿来搭救你那女骷髅，
豁出去一不做二不休，
拼了个由他来咒呵咒。
不是我夸海口，
他怎么逃得出我这烟月手！

宋　母　（云）姐姐，到那里小心哪。（哭，云）孩儿，被你烦恼杀我了啊！

赵盼儿　（唱）你收拾起心头忧，
你舒展开眉间愁，
我定教花叶无损觅归秋。
那家伙玩弄姑娘的心思，
看起来就像驴和狗，
卖弄他的聪明却似玲珑剔透。
（云）我到那里，三言两语，他肯写休书，

万事罢休；要是不肯写休书，我把他掐一掐，拈一拈，搂一搂，抱一抱，叫那家伙浑身酥、遍体麻。在他鼻凹里抹上一块砂糖，叫那家伙舔又舔不到，吃又吃不着。哄得那家伙写了休书，引章拿了休书来，一下子溜了。我这里出了门儿，

（唱）岂不是一场风月事，

我叫那家伙即刻就完蛋罢休。

（同下）

第三折

（周舍与店小二上）

周　舍　（念诗）万事分已定，浮生空自忙。无非花共酒，恼乱我心肠。

（云）店小二，我让你开着这间客店，我哪里稀罕你那房租来养家；不论官妓私娼，只要有漂亮的到你客店里，你就来叫我。

店小二　（云）我知道。只是你行踪不定，一时间哪里去找你？

周　舍　（云）你到妓院里来找我。

店小二　（云）妓院里没有呢？

周　舍　（云）赌房里来找。

店小二　（云）赌房里没有呢？

周　舍　（云）牢房里来找。（下）

（张小闲挑箱笼上）

张小闲　（念诗）钉靴修伞为活计，偷寒送暖作营生。不是闲人闲不得，及至得了闲时又闲不成。

（云）我就是张小闲。平生做不了买卖，只是给歌女姐姐们叫些客人，两头往来，传消息，递书信的都是我。这里有个大姐赵盼儿，叫我收拾两箱子衣服行李，到郑州去。都已收拾停当了，请姐姐上马。

（赵盼儿上）

赵盼儿　（云）小闲，我这样打扮，能够打动得了那家伙吗？

（小闲软倒）

赵盼儿　（云）你做什么呀？

张小闲　（云）甭说打动那家伙，这会儿连小闲也酥倒了。

赵盼儿　（唱）只为她满怀愁，心头闷，
落得个进退无门。
那婆娘一时冲动不思忖，
我只得强打入这迷魂阵。

我这里轻轻地哼一声，
输了这场婚姻，
怎不叫那家伙负义忘恩！
纵然是普天下也找不出他这种郎君。
想着你那轻率的情，太殷勤，
几次三番想要不过问。

第一来我只是可怜着那无依无靠的老娘亲，
第二来我一贯身为旅客偏怜客，
第三来也是我自己贪杯惜醉人。
到那里呵，
也须要费些精神。

（云）说话间，已经来到郑州地方。小闲，拴了马。暂且在柳荫下歇一歇吧。

张小闲 （云）我知道。

赵盼儿 （云）小闲，咱们闲口说闲话：这好人家好举止，恶人家恶家法。

张小闲 （云）你说我听。

赵盼儿 （唱）夫人县君就是夫人县君，
妓女娼人就是妓女娼人。
纵然是扭捏着身子迈入他家门，
怎奈他家做奴仆的反倒来差遣你，
——也只好背地里暗忍。

那好人家把粉扑儿淡淡抹、轻轻匀，
哪像咱干枯枯的手满把刷着粉；
好人家把那篦梳儿慢慢地理着双鬓，

哪像咱解了那裹发带，
下巴颏儿勒着一道深痕。
好人家知道个轻重，
看觑着浅深，
真一派良人家风韵。
哪像咱们，
恰好似空房里锁了只猢狲：
有那千般不实的乔模样，
有那万种虚假的恶议论，
断不了娼家风尘。

张小闲　（云）这里有一间客店，姐姐正好住下。

赵盼儿　（云）叫店家来。

（店小二相见）

赵盼儿　（云）小二哥，你打扫一间干净房儿，放下行李。你给我请那周舍来，就说我在这里等了好久了。

店小二　（云）我知道。

（行路，叫）小哥在哪里？

（周舍上）

周　舍　（云）店小二，有什么事？

店小二　（云）店里有个漂亮姑娘请你哩。

周　舍　（云）咱就和你去来。（见赵盼儿，云）
真好一个妞儿啊。

赵盼儿　（云）周舍，你来了啊。

（唱）俺那妹子儿真有眼光，
真有福分，
照料得丈夫俊上添俊，
年纪儿恰正青春。

周　舍　（云）我在哪里曾经见过你？我在客店里，你弹着一架筝，我不是给了你一个褐色绸缎儿？

赵盼儿　（云）小的们，你可见过？

张小闲　（云）没见过他的什么褐色绸缎儿。

周　舍　（云）哦，早上杭州客店散了以后，赶到陕西客店里吃酒，我不是给了大姐一份饭来着？

赵盼儿　（云）小的们，你可见过？

张小闲　（云）我没见过。

赵盼儿　（唱）你只是太喜新、太健忘，
再加上眼拙看不真。
那唱词话的有两句遗文：
咱也曾武陵溪畔曾相识，
今日装作不认人。
我为你断梦劳魂。

周　舍　（云）我想起来了，你大概是赵盼儿吧？

赵盼儿　（云）是啊。

周　舍　（云）你是赵盼儿，好，好！当初破亲的就是你。小二，关了店门，就打这小闲。

张小闲　（云）你别打我。俺姐姐带着锦绣衣服、妆奁被褥来嫁你，你反倒打我？

赵盼儿　（云）周舍，你坐下。你听我说：你在汴梁的时候，别人说起你的名字，说得我耳满鼻满的，只是没有见过你。后来见到你呵，害得我茶不思饭不想，只是想念着你。听到你娶了宋引章，叫我怎么不恼？周舍，我想要嫁你，你却让我保亲！

（唱）我当初高傲地装假主婚，
怎知我嫉妒呵故意破亲？
你这家伙外表儿聪明肚子里蠢！
你今天和咱结了婚姻，
咱就肯罢休不论。

（云）我好意带着车辆鞍马嫁妆来找你，你反而把我打骂？小闲，拦回车儿，咱们回家去。

周　舍　（云）早知道姐姐来嫁我，我怎肯打舅舅？

赵盼儿　（云）你真的不知道？你既然不知道，你就别出门，只守着我坐下。

周　舍　（云）甭说一两天，就是一两年，您儿也坐得下去。

（宋引章上）

宋引章　（云）周舍两三天没回家，我寻到这店门口，我试着看一看。原来是赵盼儿和周舍一起坐着哩。那老家伙不知羞，竟然赶到这里来了。周舍，你再不要回家来，你来的时候，我拿一把刀子，你拿一把刀子，跟你一刀子来一刀子去地对戳呢！（下）

周　舍　（取棍，云）我跟你抢生食吃哩！要不是奶奶在这里，我打死你。

赵盼儿　（唱）我更是不想饶人，
我为什么不敢说明？
肋骨底下插柴——自忍，
怎能就看着你打她一顿？

岂不闻"一夜夫妻百夜恩"？
你应该息怒停嗔。
你蠢时候背地里使一些蠢，
当着我的面应该思量：

哪一个双同叔打杀俏红裙?

只见他恶狠狠按摸着无情棍,

纵然有那火性子的,

也不像你这郎君。

(云)你拿着这么粗的棍棒,要是打死了她,该怎么了结?

周　舍　(云)丈夫打死老婆,不用偿命。

赵盼儿　(云)这样说,谁还敢嫁给你?

(背唱)我虚情假意地瞒,

装模作样地哄,

叫这家伙有家难回。

妹子呀,

你试看咱风月救风尘。

(云)周舍,你好诡计!你在这里坐着,却指使你媳妇来骂我一顿。小闲,拦回车儿,咱们回去。

周　舍　(云)好奶奶,请坐。我不知道她来;我要是知道她来,我就该死。

赵盼儿　(云)你真的没指使她来?这妮子不贤惠,爽爽快快地说,你舍得了宋引章,我马上嫁给你。

周　舍　（云）我回家就休了她。

（背云）且慢，那女人是平时被我打怕了的，要是给了一纸休书，那女人就一溜烟地跑了。这婆娘要是不肯嫁给我呵，岂不是弄得尖担儿两头脱空？可别莽撞，把这婆娘弄稳当了再说。

（向赵盼儿云）奶奶，您孩儿肚里是驴马的见识。我现在回家去把媳妇休了呵，奶奶，要是你把肉吊窗儿放下来——闭着眼睛不认人，不肯嫁给我，我就落得个尖担儿两头脱空。奶奶，你发一个誓吧。

赵盼儿　（云）周舍，你真的要我赌咒？要是你休了媳妇，我不嫁你呵，我被澡堂子里马踏杀，灯草打折腰脊骨。你逼得我赌这样的重咒哩！

周　舍　（云）小二，拿酒来。

赵盼儿　（云）甭买酒，我车上有十瓶酒哩。

周　舍　（云）还要买羊。

赵盼儿　（云）甭买羊，我车上有只熟羊哩。

周　舍　（云）好、好、好，等我买花红去。

赵盼儿　（云）甭买花红，我箱子里有一对大红罗。周舍，你争什么哪？你的就是我的，我的就是你的。

（唱）这紧的到头终是紧，

亲的原来只是亲。

凭着我花朵儿般秀美的身子，

笋条儿般年轻的年龄，

为了这锦绣般婚姻，

倒赔了几锭花银。

豁出去十米九糠，好歹不分，

管什么两妇三妻！

受了些万苦千辛，

我叫人把头上的火气忍，

不让你白做了一辈子郎君。

你穷杀呵，

甘心守本分、挨贫困，

你富贵呵，

别笑我饱暖生淫欲、惹议论。

您心中定一个分寸，

只要休了你这眼前人，

不要你钱财花半分，

已是我走过来自上门。

家业家私好待你六亲，

肥马轻裘侍候你一身，

倒陪送嫁妆和你成姻亲。

（云）我要是嫁了你，我不像那宋引章，剪裁缝纫、美容化妆、刺绣铺房、大裁小剪，都不晓得一丁点儿的。

（唱）我会把你休弃她的代价还个够本！

（同下）

第四折

（宋引章上）

宋引章　（云）这个时候周舍大约该来了吧。

（周舍上，与宋引章相见）

宋引章　（云）周舍，你想吃点什么茶饭？

周　舍　（怒冲冲地云）好哇！拿纸笔来，写给你一纸休书，你快走。

宋引章　（接过休书不肯走，云）我有什么不是，你休了我？

周　舍　（云）你还在这里？你快走！

宋引章　（云）你真的休了我？你当初要我时怎么说的？你这负心汉，遭天灾的！你要我去，我偏不去。

（周舍推宋引章出门）

宋引章　（云）我出了这门。周舍，你好傻呵！赵家姐姐，你好强啊！我拿着这休书，径直到店里找姐姐去。（下）

周　舍　（云）这贱人去了，我到店里娶那女人去。（行路，到店。叫）店小二，刚才来的那女人在哪里？

店小二　（云）你刚出门，她也上马去了。

周　舍　（云）反倒上了她的当啦。牵马来，我追她去。

店小二　（云）马怀驹了。

周　舍　（云）备骡子。

店小二　（云）骡子瘸了。

周　舍　（云）这样，我步行追她去。

店小二　（云）我也追她去。（同下）

（赵盼儿与宋引章上）

宋引章　（云）要不是姐姐，我怎能够出得了这门啊！

赵盼儿　（云）走、走、走！

（唱）笑吟吟案板似写着休书，

俺这撒谎的故人在何处？

卖弄他能玩弄女性有手段，

怎敌咱厉害的嘴巴说了有九千句。

（云）引章，你把那休书拿过来给我看看。

（宋引章递过休书。赵盼儿接过，换了休书，交给宋引章，云）引章，你再要嫁人时，全凭这一张纸做凭证，你收好哪！

（宋引章接过休书。周舍追上）

周　舍　（喝道）贱人，哪里去？宋引章，你是我的老婆，怎么逃走？

宋引章　（云）周舍，你给了我休书，把我赶出来了。

周　舍　（云）休书上手模要印五个指头，哪有印四个指头的休书？

（宋引章打开休书看，周舍夺过用牙咬碎）

宋引章　（云）姐姐，周舍咬碎了我的休书了。

（赵盼儿上前救护引章）

周　舍　（云）你也是我的老婆。

赵盼儿　（云）我怎么是你的老婆？

周　舍　（云）你吃了我的酒。

赵盼儿　（云）我车上有十瓶好酒，怎么是你的？

周　舍　（云）你可是受了我的羊来！

赵盼儿　（云）我自己有一只熟羊，怎么是你的？

周　舍　（云）你接了我的红罗定礼。

赵盼儿　（云）我自己有大红罗，怎么是你的？

（唱）酒和羊，车上物，
大红罗，自携去。
你一心淫滥无是处，
要把人白赖取。

周　舍　（云）你曾经发过誓要嫁给我的。

赵盼儿　（唱）俺本是买空卖空，

靠着那嘴头上的盟言咒誓为活路。

（带云）要是你不信呵。

（唱）遍花街请来娼家女，

哪一个不对着明香宝烛，

哪一个不指着皇天后土，

哪一个不赌着鬼戮神诛？

若信这咒盟言，

早死得绝门户。

（云）引章妹子，你跟他去。

宋引章　（害怕地云）姐姐，跟了他去就是死。

赵盼儿　（唱）就因为你不考虑，太糊涂。

周　舍　（云）休书已经毁了，你不跟我去，还想怎么？

（宋引章害怕）

赵盼儿　（云）妹子，别慌莫怕！他咬碎的是假休书。

（唱）我故意抄给你一张假休书，

我跟前现放着这真休书。

（周舍抢夺）

赵盼儿　（唱）纵然有九头牛也拽不出去。

周　舍　（扯住赵、宋二人，云）明有王法。我和你

们见官去。（同下）

（李公弼带张千上）

李公弼　（念诗）声名德化九重闻，良夜家家不闭门。雨后有人耕绿野，月明无犬吠花村。

（云）我是郑州州守李公弼。今天升起早衙，处理些公事。张千，喝道受理公案。

张　千　（云）知道了。

（周舍与赵盼儿、宋引章、宋母上）

周　舍　（高叫）冤枉啊！

李公弼　（云）告什么事？

周　舍　（云）大人可怜哪，有人骗取我媳妇。

李公弼　（云）谁人骗取你媳妇？

周　舍　（云）是赵盼儿设计，骗取我媳妇宋引章。

李公弼　（云）那女人怎么说？

赵盼儿　（云）宋引章是有丈夫的，被周舍强占为妻，昨天又给了休书，怎么是小女子诈骗他的？

（唱）这家伙心狠毒，
这家伙家豪富，
全都是假肠肚，
不踏着实途路。

宋引章有亲夫，
他强占作家属。
淫乱心意恶，
凶顽胆气粗。
歹徒！到处非为胡作。
现摆着休书，
望恩官明白鉴取。

（安秀实上）

安秀实　（云）刚才赵盼儿让人来说：“宋引章已有休书了，你快告官去，就能娶她。”这里是衙门口，只好高叫一声：“冤枉啊！”

李公弼　（云）衙门外谁在吵闹？带过来！

张　千　（推安秀实进内，云）原告人见官。

李公弼　（云）你告哪个？

安秀实　（云）我安秀实，聘下宋引章，被郑州周舍强夺为妻，乞求大人做主哪。

李公弼　（云）谁是保亲？

安秀实　（云）是赵盼儿。

李公弼　（云）赵盼儿，你说宋引章原来有丈夫，是谁？

赵盼儿　（云）就是这安秀才。

（唱）他幼年时就学儒，

腹藏着九经书，

又是俺同乡共村一块住；

她接受了钗环财物，

明明是个良人妇。

李公弼　（云）赵盼儿，我问你：这保亲的确实是你吗？

赵盼儿　（云）是小女子。

（唱）现摆着俺这保亲的足可作凭据，

怎敌他抢亲的百计谋图？

哪里是明媒正娶，

公然地伤风败俗！

今天俺诉与太守做主，

可怜着判他一个夫妻团聚。

李公弼　（云）周舍，那宋引章明明是有丈夫的，你怎么还赖作是你妻子？要不是看你父亲面上，就送你到衙门定罪。你们这一伙人听我判决：周舍杖六十，与平民一样当差；宋引章仍归安秀才为妻；赵盼儿等回家安分过日子。

（念诗）只为老虔婆受贿贪钱，赵盼儿细说根源。呆周舍不安本业，安秀才夫妇团圆。

（众叩首谢恩）

赵盼儿　（唱）对恩官一一说缘故，

分剖开贪夫怨女；
糊涂人再别说死生交，
风月场看重谐燕莺侣。

题目　安秀才花柳成花烛
正名　赵盼儿风月救风尘

杜蘂娘智賞金線池
倣張渥筆

杜蕊娘智赏金线池

这是关汉卿写书生与妓女恋爱的一本喜剧。

穷书生韩辅臣与济南名妓杜蕊娘相爱，鸨母爱钱，将两人生生拆散，还谎说韩辅臣移情别恋，使蕊娘由爱变恨；不论韩辅臣怎样苦苦哀求与解释，都得不到她的谅解，以致韩辅臣又误以为蕊娘跟鸨母一样心思。最后韩辅臣的好友石好问复任济南，设计使两人和好团圆。

“杜蕊娘智赏金线池”这一剧情发生在本剧第三折。蕊娘以为韩辅臣弃旧恋新，由爱生憎，不肯原谅，甚至不许别人提到“韩辅臣”三字；然而，却正是她自己，念念不忘韩辅臣，以致屡屡违例而被罚酒。爱恨交织，演来情趣横生。

人物表

杜蕊娘　济南府名妓。正旦扮。

韩辅臣　穷秀才。末扮。

石好问　济南府尹，韩辅臣的同窗故友。外扮。

张千、卜儿、梅香、张嬷嬷、李妗妗、闵大嫂等若干人。

楔子

（外扮石府尹引张千上，诗云）少小知名建礼闱，白头犹未解朝衣。年来屡上陈情疏，怎奈君恩不放归。老夫姓石名敏，字好问，幼年进士及第，随朝数载，累蒙擢用，谢圣恩可怜，除授济南府尹之职。我有个同窗故友，姓韩名辅臣。这几时不知兄弟进取功名去了，还只是游学四方？一向音信杳无，使老夫不胜悬念。今日无甚事，在私宅闲坐。张千，门首觑者，若有客来时，报复我知道。

（张千云）理会的。

（末扮韩辅臣上，诗云）流落天涯又几春，可怜辛苦客中身。怪来喜鹊迎头噪，济上如今有故人。小生姓韩名辅臣，洛阳人氏，幼习经史，颇看诗书，学成满腹文章，争奈功名未遂。今欲上朝取应，路经济南府过，有我个八拜交的哥哥是石好问，在此为理，且去与哥哥相见一面，然后长行。说话中间，早来到府门了也。左右报复去，道有故人韩辅臣来相访。

（张千报云）禀老爷得知，有韩辅臣在于门首。

（府尹云）老夫语未悬口，兄弟早到。快有请！

（张千云）请进。（做见科）

（韩辅臣云）哥哥，数载不见，有失问候，请上，受你兄弟两拜。（做拜科）

（府尹云）京师一别，几经寒暑，不意今日惠顾，殊慰鄙怀。贤弟请坐，张千看酒来。

（张千云）酒在此。（做把盏科）

（府尹云）兄弟满饮一杯！

（做回酒科）

（韩辅臣云）哥哥也请一杯！

（府尹云）筵前无乐，不成欢乐。张千，与我唤的那上厅行首杜蕊娘来，伏侍兄弟饮几杯酒。

（张千云）理会的。出的这门来，这是杜蕊娘门首。杜大姐在家么？

（正旦扮杜蕊娘上，云）谁唤门哩？我开了这门看。（做见科）

（张千云）府堂上唤官身哩。

（正旦云）要官衫么？

（张千云）是小酒，免了官衫。（做行科）（张千

云）大姐，你立在这里，待我报复去。（做报科）

（府尹云）着他进来！

（正旦做见科，云）相公唤妾身有何分付？

（府尹云）唤你来别无他事，这一位白衣卿相是我的同窗故交，你把体面相见咱！（正旦做拜科）

（韩辅臣慌回礼云）嫂嫂请起！

（府尹云）兄弟也，这是上厅行首杜蕊娘。

（韩辅臣云）哥哥，我则道是嫂嫂。（背云）一个好妇人也！

（正旦云）一个好秀才也！

（府尹云）将酒来，蕊娘行酒。（正旦与韩连递三杯科）（府尹云）住，住！兄弟，我也吃一钟儿。

（韩辅臣云）呀！却忘了送哥哥。（正旦递府尹酒，饮科）

（正旦云）秀才高姓大名？

（韩辅臣云）小生洛阳人氏，姓韩名辅臣。小娘子谁氏之家？姓甚名谁？

（正旦云）妾身姓杜，小字蕊娘。

（韩辅臣云）元来见面胜似闻名！

（正旦云）果然才子，岂能无貌！

（府尹云）蕊娘，你问秀才告珠玉。

（韩辅臣云）兄弟对着哥哥跟前，怎敢提笔？正是弄斧班门，徒遗笑耳。

（府尹云）兄弟休谦！

（韩辅臣云）这等，兄弟呈丑也。（做写科，云）写就了。蕊娘，你试看咱。

（正旦念云）词寄〔南乡子〕。词云："袅娜复轻盈，都是宜描上翠屏。语若流莺声似燕，丹青，燕语莺声怎画成？　　难道不关情，欲语还羞便似曾。占断楚城歌舞地，娉婷，天上人间第一名。"好高才也！

（韩辅臣云）兄弟此行，本为上朝取应，只因与哥哥久阔，迂道拜访。幸睹尊颜，复蒙嘉宴。争奈试期将近，不能久留，酒散之后，便当奉别。

（府尹云）贤弟且休去，略住三朝五日，待老夫赍发你一路鞍马之费，未为迟也。张千，打扫后花园，请秀才在书房中安下者！

（韩辅臣云）花园冷静，怕不中么？

（府尹云）既如此，就在蕊娘家安歇如何？

（韩辅臣云）愿随鞭镫！

（府尹云）你看他，一让一个肯。蕊娘，这是我至交的朋友，与你两锭银子，拿去你那母亲做茶钱，休得怠慢了秀才者！

（正旦云）多谢相公。

（韩辅臣云）兄弟谢了哥哥。大姐，到你家中，拜你那妈妈去来。

（正旦云）秀才，俺娘忒爱钱哩！

（韩辅臣云）大姐，不妨事，我多与他些钱钞便了也。

（正旦唱）

【仙吕端正好】郑六遇妖狐，崔韬逢雌虎，那大曲内尽是寒儒。想知今晓古人家女，都待与秀才每为夫妇。

【幺篇】既不呵，那一片俏心肠，那里每堪分付？那苏小卿不辨贤愚，比如我五十年不见双通叔，休道是苏妈妈，也不是醉驴驴，我是他亲生的女，又不是买来奴，遮莫拷的我皮肉烂，炼的我骨髓枯，我怎肯跟那贩茶的冯魁去！（同韩下）

（府尹云）你看我那兄弟，秀才心性，又是那吃酒的意儿，别也不别，径自领着杜蕊娘去了也。且待三朝五日，差人探望兄弟去。古语有云："乐莫乐兮新相知。"岂不信然！（诗云）华省芳筵不待终，忙携红袖去匆匆。虽然故友情能密，争似新欢兴更浓！（下）

第一折

（搽旦扮卜儿上，诗云）不纺丝麻不种田，一生衣饭靠皇天。尽道吾家皮解库，也自人间赚得钱。老身济南府人氏，自家姓李，夫主姓杜，所生一个女儿，是上厅行首杜蕊娘。近日有个秀才，叫做韩辅臣，却是石府尹老爷送来的，与俺女儿作伴。俺这妮子，一心待嫁他，那厮也要娶我女儿；中间被我不肯，把他捻出去了。怎么这一会儿不见俺那妮子，莫非又赶那厮去？待我唤他。蕊娘贱人那里？

（正旦领梅香上，向古门道云）韩秀才，你则躲在房里坐，不要出来，待我和那虔婆颓闹一场去！

（韩辅臣做应云）我知道。

（正旦云）自从和韩辅臣作伴，又早半年光景，我一心要嫁他，他一心要娶我，则被俺娘板障，不肯许这门亲事。我想一百二十行，门门都好着衣吃饭；偏俺这一门，却是谁人制下的？忒低微也呵！（唱）

【仙吕点绛唇】则俺这不义之门，那里有买卖营运，无资本，全凭着五个字迭办金银。（带云）可是那五个字？（唱）无过是恶、劣、乖、毒、狠。

【混江龙】无钱的可要亲近，则除是驴生戟角瓮生根。佛留下四百八门衣饭，俺占着七十二位凶神。才定脚谢馆迎接新子弟，转回头霸陵谁识旧将军。投奔我的都是那矜爷害娘、冻妻饿子、折屋卖田，提瓦罐爻槌运；那些个慈悲为本，多则是板障为门。

（云）梅香，你看奶奶做甚么哩？

（梅香云）奶奶看经哩！

（正旦云）俺娘口业作罪，你这般心肠，多少经文忏的过来？枉作的业深了也！（唱）

【油葫芦】炕头上主烧埋的显道神，没事哏，茼麻头斜皮脸老魔君。拿着一串数珠，是吓子弟降魔印；轮着一条拄杖，是打鸂鶒无情棍。茶房里那一伙老业人，酒杯间有多少闲议论，频频的间阻休熟分，三夜早赶离门。

（梅香云）姐姐，这话说差了！我这门户人家，巴不得接着子弟，就是钱龙入门，百般奉承他，常怕一个留他不住；怎么刚刚三日，便要赶他出门？决无此理！

（正旦云）梅香，你那里知道！（唱）

【天下乐】他只待夜夜留人夜夜新，殷勤，顾甚的恩！不依随又道是我女孩儿不孝顺。今日个漾人头断摔，含热血断喷，定夺俺心上人。

（做见科，正旦云）母亲，吃甚么茶饭那？

（卜儿云）灶窝里烧了几个灯盏，吃甚么饭来！

（正旦唱）

【醉扶归】有句话多多的苦告你老年尊，累累的嘱托近比邻，一片花飞减却春，我如今不老也非为嫩，年纪小呵须是有气分，年纪老无人问。

（云）母亲，嫁了您孩儿罢，孩儿年纪大了也！

（卜儿云）丫头，拿镊子来镊了鬓边的白发，还着你觅钱哩！

（正旦云）母亲，你只管与孩儿撇性怎的？

（卜儿云）我老人家如今性子淳善了，若发起村来，怕不筋都敲断你的！

（正旦唱）

【金盏儿】你道是性儿淳，我道你意儿村，提起那人情来往佯妆钝。（带云）有几个打踅客旅辈，丢下些刷牙掠头，问奶奶要盘缠家去，（唱）你可早耳朵闭眼睛昏。前门里统镘客，后门里一个使钱勤，揉开汪泪眼，打拍老精神。

（云）母亲，嫁了你孩儿者！

（卜儿云）我不许嫁，谁敢嫁？有你这样生忿忤逆的！

（正旦唱）

【醉中天】非是我偏生忿，还是你不关亲，只着俺淡抹浓妆倚市门，积趱下金银囤。（卜儿做怒科，云）你这小贱人，你今年才过二十岁，不与我觅钱，教那个觅钱？（正旦唱）你道俺才过二旬，有一日粉消香褪，可不道老死在风尘？

（云）母亲，你嫁了孩儿罢！

（卜儿云）小贱人，你要嫁那个来？

（正旦唱）

【寄生草】告辞了鸣珂巷，待嫁那韩辅臣。这纸汤瓶再不向红炉顿，铁煎盘再不使清油混，铜磨笴再不把顽石运。（卜儿云）你要嫁韩辅臣这穷秀才，我偏不许你！（正旦唱）怎将咱好姻缘生折做断头香，休想道泼烟花再打入迷魂阵！

（卜儿云）那韩辅臣有甚么好处，你要嫁他？

（正旦唱）

【赚煞】十度愿从良，长则九度不依允。也是我八个字无人主婚，空盼上他七步才华远近闻。六亲中无不欢欣，改家门，做的个五花诰夫人，驷马高车锦绣裀，道俺有三生福分，正行着双双好运。（卜儿云）好运好运，卑田院里赶趁！你要嫁韩辅臣，这一千年不长进的，看你打莲花落也！（正旦唱）他怎肯教一年春尽又是一年春！（下）

（卜儿云）俺女儿心心念念只要嫁韩秀才，我好歹偏不嫁他。俺想那韩秀才是个气高的人，他见俺有些闲言闲语，必然使性出门去；俺再在女孩儿根前调拨他，等他两个不和，讪起脸来，那时另接一个富家郎，才中俺之愿也。正是：小娘爱的俏，老鸨爱的钞；则除非弄冷他心上人，方才是我家里钱龙到。（下）

第二折

（韩辅臣上，诗云）一生花柳幸多缘，自有嫦娥爱少年。留得黄金等身在，终须买断丽春园。我韩辅臣，本为进取功名，打从济南府经过，适值哥哥石好问在此为理，送我到杜蕊娘家安歇。一住半年以上，两意相投，不但我要娶他，喜得他也有心嫁我，争奈这虔婆百般板障。俺想来，他只为我囊中钱钞已尽；况见石府尹满考朝京，料必不来复任，越越的欺负我，发言发语，只要捻我出门去。我是个顶天立地的男子汉，怎生受得一口气？出了他门，不觉又是二十多日。你道我为何不去，还在济南府淹阁？倒也不是盼俺哥哥复任，思量告他，只为杜蕊娘，他把俺赤心相待，时常与这虔婆合气，寻死觅活，无非是为俺家的缘故。莫说我的气高，那杜蕊娘的气比我还高的多哩。他见我这日出门时节，竟自悻悻然去了，说也不和他说一声儿，必然有些怪我。这个怪也只得由他怪，本等是我的不是。以此沉吟展转，不好便离此处，还须亲见蕊娘，讨个明白。若他也是虔婆的见识，没有嫁我之心，却不我在此亦无指望了。不如及早上朝取应，干我自家功名去；他若是好好的依旧要嫁我，一些儿不怪我，便受尽这虔婆的气，何忍负之。今日打听得虔婆和他一班儿老姊妹在茶房中吃茶，只得将我羞脸儿揣在怀里，再到蕊娘家去走一遭。（词云）我须是读书人凌云豪气，偏遇这泼虔婆全无顾忌，天若使石好问复任济南，少不的告他娘着他流递。（下）

（正旦引梅香上，云）我杜蕊娘一心看上韩辅臣，思量嫁他，争奈我母亲不肯，倒发出许多说话，将他赶逐出门去了。我又不曾有半句儿恼着他，为何一去二十多日，再也不来看我？教我怎生放心得下？闻得母亲说，他是烂黄虀，如今又缠上一个粉头，道强似我的多哩。这话我也不信，我想，这济南府教坊中人，那一个不是我手下教导过的小妮子？料必没有强似我的。若是他果然离了我家，又去踹别家的门，久以后我在这街上行走，教我怎生见人那？（唱）

【南吕一枝花】东洋海洗不尽脸上羞，西华山遮不了身边丑，大力鬼顿不开眉上锁，巨灵神劈不断腹中愁。闪的我有国难投，抵多少南浦伤离候。爱你个杀才没去就，明知道雨歇云收，还指望待天长地久。

【梁州第七】这厮阑散了虽离我眼底，忔憎着又在心头。出门来信步闲行走，遥瞻远岫，近俯清流。行行厮趁，步步相逐，知他在那搭儿里续上绸缪？知他是怎生来结做冤仇？俏哥哥不争你先和他暮雨朝云，劣奶奶则有分吃他那闲茶浪酒，好姐姐几时得脱离了舞榭歌楼？不是我出乖弄丑，从良弃贱，我命里有终须有，命里无枉生受。只管扑地掀天无了休，着甚么来由？

（梅香云）姐姐，你休烦恼，姐夫好歹来家也！

（正旦云）梅香，将过琵琶来，待我散心适闷咱！

（梅香取砌末科，云）姐姐，琵琶在此。

（正旦弹科）

（韩辅臣上，云）这是杜大姐家门首。我去的半月其程，怎么门前的地也没人扫，一划的长起青苔来，这般样冷落了也？

（正旦做听科，云）那厮来了也，我则推不看见。

（韩辅臣做入见科，云）大姐，祗揖！

（正旦做弹科，唱）

【牧羊关】不见他思量旧，倒有些两意儿投。我见了他扑邓邓火上浇油，恰便似钩搭住鱼腮，箭穿了雁口。（韩辅臣云）元来你那旧性儿不改，还弹唱哩！（正旦做起拜科，唱）你怪我依旧拈音乐，则许你交错劝觥筹？你不肯冷落了杯中物，我怎肯生疏了弦上手？

（韩辅臣云）那一日吃你家妈妈赶逼我不过，只得忍了一口气，走出你家门，不曾辞别的大姐，这是小生得罪了！

（正旦唱）

【骂玉郎】这的是母亲故折鸳鸯偶，须不是咱设下恶机谋，怎将咱平空抛落他人后？今日个何劳你贵脚儿又到咱家走。

（韩辅臣云）大姐何出此言？你元许我嫁哩！

（正旦唱）

【感皇恩】咱本是泼贱娼优，怎嫁得你俊俏儒流！（韩辅臣云）这是有盟约在前的。（正旦唱）把枕畔盟，花下约，成虚谬。（韩辅臣云）我出你家门也只得半个多月，怎便见得虚谬了那？（正旦唱）你道是别匆匆无多半月，我觉的冷清清胜似三秋。（韩辅臣跪科，云）大姐，我韩辅臣不是了，我跪着你请罪罢！（正旦不睬科，云）那个要你跪！（唱）越显的你嘴儿甜，膝儿软，情儿厚。

（韩辅臣云）我和你生则同衾，死则同穴哩。

（正旦唱）

【采茶歌】往常个侍衾裯，都做了付东流，这的是娼门水局下场头！（韩辅臣云）大姐，只要你有心嫁我，便是卓文君也情愿当垆沽酒来。（正旦唱）再休提卓氏女亲当沽酒肆，只被你双通叔早掘倒了玩江楼。

（韩辅臣跪科，云）大姐，你休这般恼我，你打我几下罢！

（正旦唱）

【三煞】既你无情呵，休想我指甲儿汤着你皮肉。似往常有气性，打的你见骨头。我只怕年深了也难收救，倒不如早早丢开，也免的自僝自僽。（韩辅臣云）你不发放我起来，便跪到明日，我也只是跪着。（正旦唱）顽涎儿却依旧，我没福和你那莺燕蜂蝶为四友，甘分做跌了弹的斑鸠。

【二煞】有耨处散诞松宽着耨，有偷处宽行大步偷，何须把一家苦苦死淹留？也不管设誓拈香，到处里停眠整宿，说着他瞒心的谎、昧心的咒。你那手，怎掩旁人是非口？说的困须休。

【尾煞】高如我三板儿的人物也出不得手，强如我十倍儿的声名道着处有，寻些虚脾，使些机勾，用些工夫，再去趁逐。你与我高揎起春衫酒淹袖，舒你那攀蟾折桂的指头，请先生别挽一枝章台路旁柳。（下）

（韩辅臣做叹科，云）嗨，杜蕊娘真个不认我了！我只道是虔婆要钱赶我出去，谁知杜蕊娘的心儿也变了，他一家门这等欺侮我，如何受的过？只得再消停几日，等我哥哥一个消耗，来也不来，又作处置。（诗云）怪他红粉变初心，不独虔婆太逼临。今日床头看壮士，始知颜色在黄金。（下）

第三折

（石府尹上，云）老夫石好问是也。三年任满朝京，圣人道俺贤能清正，着复任济南。不知俺那兄弟韩辅臣进取功名去了，还是淹留在杜蕊娘家？使老夫时常悬念。已曾着人探听他踪迹，未见回报。张千，门首觑者，待探听韩秀才的人来，报复我知道。

（韩辅臣上，云）闻得哥哥复任济南，被我等着了也。来到此间，正是济南府门首。张千，报复去，道韩辅臣特来拜访。

（张千报科）

（石府尹云）道有请。

（见科）

（韩辅臣云）恭喜哥哥复任名邦，做兄弟的久客空囊，不曾具得一杯与哥哥拂尘，好生惭愧！

（石府尹做笑科，云）我已谓贤弟扶摇万里，进取功名去了，却还淹留妓馆，志向可知矣！

（韩辅臣云）这几时你兄弟被人欺侮，险些儿一口气死了，还说那功名怎的！

（石府尹云）贤弟，你在此盘缠缺少，不能快意是有的，那一个就敢欺负着你？

（韩辅臣云）哥哥不知，那杜家老鸨儿欺负兄弟也罢了，连蕊娘也欺负我。哥哥，你与我做主咱！

（石府尹云）这是你被窝儿里的事，教我怎么整理？

（韩辅臣云）您兄弟唱喏。

（石府尹不礼科，云）我也会唱喏。

（韩辅臣云）我下跪。

（石府尹又不礼科，云）我也会下跪。

（韩辅臣云）哥哥，你真个不肯整理，教我那里去告？您兄弟在这济南府里，倚仗哥哥势力，那个不知？今日白白的吃他娘儿两个一场欺负，怎么还在人头上做人，不如就着府堂触阶而死罢了！

（做跳科）

（石府尹忙扯住，云）你怎么使这般短见？你要我如何整理？

（韩辅臣云）只要哥哥差人拿他娘儿两个来，扣厅责他四十，才与您兄弟出的这一口臭气。

（石府尹云）这个不难，但那杜蕊娘肯嫁你时，你还要他么？

（韩辅臣云）怎么不要？

（石府尹云）贤弟不知：乐户们一经责罚过了，便是受罪之人，做不得士人妻妾。我想，此处有个所在，叫做金线池，是个胜景去处。我与你两锭银子，将的去卧番羊、窨下酒，做个筵席，请他一班儿姊妹来到池上赏宴，央他们替你赔礼，那其间必然收留你在家，可不好那？

（韩辅臣做揖科，云）多谢哥哥厚意！则今日便往金线池上，安排酒果，走一遭去也。（下）

（石府尹云）兄弟去了也。这一遭，好共歹成就了他两口儿，可来回老夫的话。（诗云）钱为心所爱，酒是色之媒。会看鸳鸯羽，双双池上归。（下）

（外旦三人上，云）妾身张嬷嬷，这是李妗妗，这是闵大嫂：俺们都是杜蕊娘姨姨的亲眷。今日在金线池上，专为要劝韩辅臣、杜蕊娘两口儿圆和。这席面不是俺们设的，恐怕蕊娘姨姨知道是韩姨夫出钱安排酒果，必然不肯来赴，因此只说是俺们请他。酒席中间，慢慢的劝他回心，成其美事。道犹未了，蕊娘姨姨早来也。

（正旦上，相见科，云）妾身有何德能，着列位奶奶们置酒张筵，何以克当？（唱）

【中吕粉蝶儿】明知道书生教门儿负心短命，尽教他海角飘零。没来由强风情，刚可喜男婚女聘。往常我千战千赢，透风处，使心作幸。

【醉春风】能照顾眼前坑，不堤防脑后井。人跟前不恁的吃场扑腾，呆贱人儿时能勾醒醒？虽是今番，系干宿世，事关前定。

（众旦云）这是首席，姨姨请坐。

（正旦云）看了这金线池，好伤感人也！（唱）

【石榴花】恰便似藕丝儿分破镜花明，我则见一派碧澄澄，东关里犹自不曾经，到如今整整半载其程。眼前面兜率神仙境，有他呵怎肯道蓦出门庭。那时节眼札毛和他厮拴定，矮房里相扑着闷怀萦。

【斗鹌鹑】虚度了丽日和风，枉误了良辰美景。往常俺动脚是熬煎，回头是撞挺，拘束的刚刚转过双眼睛。到如今各自托生：我依旧安业着家，他依旧离乡背井。

（众旦云）俺们都与姨姨奉一杯酒。

（正旦唱）

【普天乐】小妹子是爱莲儿，你都将我相钦敬；茶儿是妹子，你与我好好的看承；小妹子是玉伴哥，从来有些独强性。（众旦云）姨姨，你为何嗟声叹气的？今日这样好天气，又对着这样好景致，务要开怀畅饮，做一个欢庆会才是。（正旦唱）说甚么人欢庆，引得些鸳鸯儿交颈和鸣，忽的见了，愠的面赤，兜的心疼。

（众旦云）姨姨，俺则这等吃酒可不冷静？

（正旦云）待我行个酒令，行的便吃酒，行不的罚金线池里凉水。

（众旦云）俺们都依着姨姨的令行。

（正旦云）酒中不许题着"韩辅臣"三字，但道着的，将大觥来罚饮一大觥。

（众旦云）知道。

（正旦唱）

【醉高歌】或是曲儿中唱几个花名。（众旦云）我不省得。（正旦唱）诗句里包笼着尾声。（众旦云）我不省得。（正旦唱）

续麻道字针针顶。（众旦云）我不省的。（正旦唱）正题目当筵合笙。

（众旦云）我不省的，则罚酒罢。

（正旦云）拆白道字，顶针续麻，搊筝拨阮，你们都不省得，是不如韩辅臣。

（众旦云）呀，姨姨，你可犯了令也！将酒来，罚一大觥。

（正旦饮科，唱）

【十二月】想那厮着人赞称，天生的济楚才能，只除了心不志诚，诸余的所事儿聪明。本分的从来老成，聪俊的到底杂情。

【尧民歌】丽春园则说一个俏苏卿，明知道不能勾嫁双生，向金山壁上去留名，画船儿赶到豫章城。撇甚么清！投至得你秀才每忒寡情，先接了冯魁定。

（正旦做叹气科，云）我不合道着韩辅臣，被罚酒也。

（众旦云）姨姨又犯令了！再罚一大觥。

（正旦做饮科，唱）

【上小楼】闪的我孤孤另另，说的话涎涎邓邓。俺也曾轻轻唤着，躬躬前来，喏喏连声。但酒醒，硬打挣，强词夺正，则除是醉时节酒淘真性。

（正旦做醉跌科，众旦扶科）

（韩辅臣上，换科）

（众旦下）

（正旦唱）

【幺篇】不死心想着旧情，他将我斯看斯待，斯知斯重，斯钦斯敬。不是我把不定，无记性，言多伤行。扶咱的小哥每是何名姓？

（韩辅臣云）是小生韩辅臣。

（正旦云）你是韩辅臣？靠后！（唱）

【耍孩儿】我为你逼绰了当官令。（带云）谢你那大尹相公呵！（唱）烟花簿上除抹了姓名，交绝了怪友和狂朋，打并的户净门清。试金石上把你这子弟每从头儿画，分两等上把郎君子细秤。我立的其身正，倚仗着我花枝般模样，愁甚么锦片也似前程！

【二煞】我比那窬墙贼蝎螫索自忍，我比那俏郎君掏摸须噤声，那里也恶茶白赖寻争竞？最不爱打揉人七八道猫煞爪，掐纽的三十驮鬼捏青。看破你传槽病，掴着手分开云雨，腾的似线断风筝。

【尾煞】我和你半年多衾枕恩，一片家缱绻情，交明春岁数三十整。（带云）我老了也，你要我怎的？（唱）你且把这不志诚的心肠与我慢慢等！（做摔开科，下）

（韩辅臣云）嗨，他真个不欢喜我了，更待干罢！只得到俺哥哥那里告他去。（下）

第四折

（石府尹引张千上，诗云）三载为官卧治过，别无一事系心窝。唯余故友鸳鸯会，金线池头竟若何？老夫石好问，为兄弟韩辅臣、杜蕊娘，在金线池上，着他两口儿成合，这早晚不见来回话，多咱是圆和了也。张千，抬放告牌出去。

（韩辅臣上，云）门上的，与俺通报去，说韩辅臣是告状的，要见！（张千报科）（韩辅臣做入见科，云）哥哥，拜揖。

（石府尹云）兄弟，您两口儿完成了么？

（韩辅臣云）若完成了时，这早晚正好睡哩，也不到你衙门里来了。那杜蕊娘只是不肯收留我，今日特来告他。

（石府尹云）他委实不肯便罢了，教我怎生断理？

（韩辅臣云）哥哥，你不肯断理，您兄弟唱喏。

（做揖，石府尹不礼科，云）我不会唱喏那？

（韩辅臣云）您兄弟下跪。

（做跪，石府尹不礼科，云）我不会下跪那？

（韩辅臣云）你再四的不肯断理，我只是死在你府堂上，教你做官不成。

（做触阶，石府尹忙扯科，云）那个爱女娘的似你这般放刁来？罢，罢，罢！我完成了你两口儿。张千，与我拿将杜蕊娘来！

（张千云）理会的。（唤科，云）杜蕊娘，衙门里有勾！

（正旦上，云）哥哥，唤我做甚么？

（张千云）你失误了官身，老爷在堂上好生着恼哩！

（正旦云）可怎了也？（唱）

【双调新水令】忽传台旨到咱丽春园，则道是除抹了舞裙歌扇。逢个节朔，遇个冬年，拿着这一盏儿茶钱，告哥哥可怜见！

（云）可早来到府门首也。哥哥，你与我做个肉屏风儿，等我偷觑咱。

（张千云）这使的。

（正旦做偷觑，内幺喝科）

（旦唱）

【沉醉东风】则道是喜孜孜设席肆筵，为甚的怒哄哄列杖擎鞭？好教我足未移心先战，一步步似毛里拖毡。本待要大着胆、挺着身、行靠前，百忙里仓惶倒偃。

（张千报科，云）禀爷，唤将杜蕊娘来了也！

（石府尹云）拿将过来！

（韩辅臣云）哥哥，你则狠着些！

（石府尹云）我知道。

（张千云）当面！

（正旦云）妾身杜蕊娘来了也。

（石府尹云）张千，准备下大棍子者，将枷来发到司房里责词去！

（正旦云）可着谁人救我那？（做回顾见科，云）兀的不是韩辅臣？俺不免揣着羞脸儿哀告他去。

（唱）

【沽美酒】使不着撒腼腆，仗那个替方便，俺只得忍耻耽羞求放免。（云）韩辅臣，你与我告一告儿！（韩辅臣云）谁着你失误官身？相公恼的狠哩。（正旦唱）你与我搜寻出些巧言，去那官人行劝一劝。

（韩辅臣云）你今日也有用着我时节，只要你肯嫁我，方才与你告去。

（正旦云）我嫁你便了！（唱）

【太平令】从今后我情愿实为姻眷，你只要早些儿替我周全。（韩辅臣云）我替你告便告去，倘相公不肯饶你如何？（正旦唱）想当初罗帐里般般逞遍，今日个纸褙又将咱欺骗，受了你万千作贱，那些儿体面？呀，谁似您浪短命随机应变！

（石府尹云）张千，将大棒子来者！

（韩辅臣云）哥哥，看您兄弟薄面，饶恕杜蕊娘初犯罢！

（石府尹云）张千，带过杜蕊娘来！（正旦跪科）

（石府尹云）你在我衙门里供应多年，也算的个积年了，岂不知衙门法度？失误了官身，本该扣厅责打四十，问你一个不应罪名。既然韩解元在此替你哀告，这四十板便饶了，那不应的罪名却饶不的。

（韩辅臣云）那杜蕊娘许嫁您兄弟了，只望哥哥一发连这公罪也饶了罢！（做跪科）

（石府尹忙扯起科，云）杜蕊娘，你肯嫁韩解元么？

（正旦云）妾委实愿嫁韩辅臣。

（石府尹云）既如此，老夫出花银百两，与你母亲做财礼，则今日准备花烛酒筵，嫁了韩解元者。

（韩辅臣云）多谢哥哥完成我这桩美事！

（正旦云）多谢相公抬举！（唱）

【川拨棹】似这等好姻缘，人都道全在天，若是俺福过灾缠，空意惹情牵，间阻的山长水远，几时得人月圆？

【七兄弟】早则是对面、并肩、绿窗前，从今后称了平生愿。一个向青灯黄卷赋诗篇，一个剪红绡翠锦学针线。

【梅花酒】忆分离自去年，争些儿打散文鸳，折破芳莲，咽断顽涎。为老母相间阻，使夫妻死缠绵，两下里正熬煎，谢公相肯矜怜。

【收江南】呀，不枉了一春常费买花钱，也免得佳人才子只孤眠。得官呵，相守赴临川，随着俺解元，再不索哭啼啼扶上贩茶船！

（韩辅臣同正旦拜谢科，云）哥哥请上，您兄弟拜谢。

（石府尹答拜科，云）贤弟，恭喜你两口儿圆和了也！但这法堂上是断合的去处，不是你配合的去处。张千，近前来，听俺分付：你取我俸银二十两，付与教坊司色长，着他整备鼓乐，从衙门首迎送韩解元到杜蕊娘家去，摆设个大大筵席；但是他家亲眷，前日在金线池上劝成好事的，都请将来饮宴，与韩解元、杜蕊娘庆喜。宴毕之后，着来回话者。（词云）韩解元云霄贵客，杜蕊娘花月妖姬，本一对天生连理，被虔婆故意凌欺。耽搁的男游别郡，抛闪的女怨深闺，若不是黄堂上聊施巧计，怎能勾青楼里早遂佳期！

题目　韩解元轻负花月约

　　　老虔婆故阻燕莺期

正名　石好问复任济南府

　　　杜蕊娘智赏金线池

钱大尹智宠谢天香

《谢天香》写北宋著名词人柳永和妓女谢天香悲欢离合的故事。钱大尹起初对柳永重妓色轻士夫的行为感到不满，后来惊羡谢氏的才华，假意娶谢氏为妾，使之脱了乐籍，实则秋毫无犯，以便日后柳、谢团圆。而柳、谢不知其计，误会之中，翻起种种波澜。

本剧虽以喜剧收场，其实喜剧的表象下，渗透了悲剧性意蕴。正如谢天香在第三折中对钱大尹以骰子譬喻自己："一把低微骨，置君掌握中。料应嫌点涴，抛掷任东风。"揭示了沦落青楼的妇女的命运。而悲喜交融，正是中国喜剧的最高境界。

人物表

谢天香　开封府官妓，柳永的情人。正旦扮。

柳　永　北宋著名词人，风流才子。字耆卿，排行第七，又称柳七。冲末扮。

钱大尹　开封府尹。名可，字可道。柳永的同窗好友。外扮。

张　千　开封府管理乐妓的小吏，净扮。

众旦扮妓女等。

楔子

（冲末扮柳耆卿引正旦谢天香上）

（柳诗云）本图平步上青云，直为红颜滞此身。老天生我多才思，风月场中肯让人？小生姓柳名永，字耆卿，乃钱塘郡人也。平生以花酒为念，好上花台做子弟，不想游学到此处，与上厅行首谢天香作伴。小生想来，今年春榜动、选场开，误了一日，又等三年，则今日辞了大姐，便索上京应举去。大姐，小生在此多蒙管待。小生若到京师阙下，得了官呵，那五花官诰，驷马香车，你便是夫人县君也。

（正旦云）耆卿，衣服盘缠，我都准备停当，你休为我误了功名者。

（净张千上，云）小人张千，在这开封府做着个乐探执事，我管的是那僧尼道俗乐人；迎新送旧，都是小人该管。如今新除来的大尹姓钱，一应接官的都去了，止有妓女每不曾去。此处有个行首是谢天香，他便管着这班门户人，须索和他说一声去。来到门首也，谢大姐在家么？

（旦见科，云）哥哥，叫做甚么？

（张千云）大姐，来日新官到任，准备参官去。

（旦云）哥哥，这上任的是甚么新官？

（张千云）是钱大尹。

（旦云）莫不是波斯钱大尹么？

（张千云）你休胡说，唤大人的名讳。我去也，谢大姐，明日早来参官。（下）

（柳云）大姐，你欢喜咱。钱大尹是我同堂故友，明日我同大姐到相公行分付着看觑你，我也去的放心。

（正旦唱）

【仙吕赏花时】则这一曲翻成和泪篇，最苦偏高离恨天，双泪落尊前。山长水远，愁见理行轩。

【幺篇】待得鸾胶续断弦，欲盼雕鞍难顾恋，谢他新理任这官员，常好是与民方便，咱又得个一夜并头莲。（同下）

第一折

（外扮钱大尹引张千上，诗云）寒蛩秋夜忙催织，戴胜春朝苦劝耕。若道民情官不理，须知虫鸟为何鸣。老夫姓钱名可，字可道，钱塘人也。自中甲第以来，累蒙擢用，颇有政声。今谢圣恩，加老夫开封府尹之职。老夫自幼修髯满部，军民识与不识，皆呼为波厮钱大尹。暗想老夫当时有一同堂小友，姓柳名永，字耆卿。论此人学问，不在老夫之下。相离数载，不知他得志也不曾，使老夫悬悬在念。今日升堂，坐起早衙。张千，有该佥押的文书将来我发落。

（张千云）禀的老爷知道，还有乐人每未曾参见哩。

（钱大尹云）前官手里曾有这例么？

（张千云）旧有此例。

（钱大尹云）既是如此，着他参见。

（张千云）参官乐人走动。

（正旦同众旦上，云）今日新官上任，咱参见去来，你每小心在意者。

（众旦云）理会的。

（正旦唱）

【仙吕点绛唇】讲论诗词，笑谈街市，学难似；风里扬丝，一世常如此。

【混江龙】我逐日家把您相试，乞求的教您做人时。但能勾终朝为父，也想着一日为师。但有个敢接我这上厅行首案，情愿分付与你这妆演戏台儿。则为四般儿误了前程事，都只为聪明智慧，因此上辛苦无辞。

（众旦云）姐姐，你看笼儿中鹦哥念诗哩。

（旦云）这便是你我的比喻。（唱）

【油葫芦】你道是金笼内鹦哥能念诗，这便是咱家的好比似。原来越聪明越不得出笼时。能吹弹好比人每日常看伺，惯歌讴好比人每日常差使。（云）我不怨别人。（众旦云）姐姐，你怨谁？（旦云）咱会弹唱的，日日官身，不会弹唱的，到得些自在。（唱）我怨那礼案里几个令史，他每都是我掌命司。先将那等不会弹不会唱的除了名字，早知道则做个哑猱儿。

【天下乐】俺可也图甚么香名贯人耳，想当也波时，不三思，越聪明，不能勾无外事。卖弄的有伎俩，卖弄的有艳姿，则落的临老来呼弟子。

（张千云）谢大姐，你怎生这早晚才来？你只在这里，我报复去。（做报科，云）报的老爷得知，有乐人每来参见。

（钱大尹云）别的休进来，则着那为头的一人来见。

（张千云）别的都回去，则着谢大姐过去哩。（众旦下）

（正旦见、拜科，云）上厅行首谢天香谨参。

（钱大尹云）休要误了官身。

（旦云）理会的。（做出门科，云）爷爷，那官人好个冷脸子也。（唱）

【金盏儿】猛觑了那容姿，不觉的下阶址，下场头少不的跟官长厅前死。往常觑品官宣使似小孩儿，他则道官身休失误，启口更无词。立地刚一饭间，心战勾两炊时。

（柳上，云）大姐参官去了，我看大姐去来。（做见旦科，云）大姐，你参了官也？我过去见他。

（正旦云）你休见罢，这相公不比其他的。

（柳云）不妨事，哥哥看待我比别人不同。（做见张千科，云）大哥，报复一声，杭州柳永特来参谒。

（张千云）这个便是早辰间在谢大姐家的那先生，你在这里，我报复去。（做报科，云）衙门外有杭州柳永，特来拜见。

（钱大尹云）他说是杭州柳永？

（张千云）是。

（钱大尹笑云）老夫语未绝口，不想贤弟果然至此，使老夫不胜之喜，道有请。

（张千云）请进。

（柳见钱科，云）小弟游学到此，不意正值高迁，一来拜贺兄长，二来进取功名去也。

（钱大尹云）自别贤弟许久，想慕颜范，使老夫悬悬在念。今日一会，实老夫之幸也。左右，看酒来！

（柳云）兄弟去的急，不必安排茶饭。

（钱大尹云）虽然如此，许久不会，何妨片时。张千，就讼厅上看酒来，管待学士。

（柳云）哥哥，这是国家公堂，不是您兄弟坐的去处。

（钱大尹云）贤弟差矣！一来是老夫同堂故友，二来贤弟是一代文章，正可管待。老夫欲待留贤弟在此盘桓数日。便好道：大丈夫当以功名为念，因此不好留得。贤弟，请满饮一杯。（把酒科）

（柳云）兄弟酒勾了也，辞了哥哥，便索长行。

（钱大尹云）贤弟，不成管待，只听你他日得意，另当称贺。贤弟，恕不远送了。

（柳云）哥哥不必送。（出见旦科，云）柳永，你为甚么来？则为大姐，怎就忘了？我再过去。

（正旦云）耆卿，你休去，这相公不比其他的。

（柳云）不妨事，哥哥待我较别哩。（做见张千科，云）张千，再报一声。

（张千云）你怎么又来？

（柳云）你道杭州柳永再来拜见，有说的话。

（张千报科，云）杭州柳永又要见相公，有说的话。

（钱大尹云）是是，想必老夫在此为理，有见不到处。道有请。

（张千云）有请。

（见科，钱大尹云）老夫在此为理，多有见不到处，我料贤弟必有嘉言善行教训老夫咱。

（柳云）您兄弟别无他事，则是好觑谢氏。

（钱云）耆卿，敬重看待，恕不远走。

（柳云）多谢了哥哥。（柳见旦，云）大姐，我说了也。他说“敬重看待”。

（正旦云）耆卿，你知道相公的意思么？

（柳云）我不知道。

（正旦唱）

【醉中天】初相见呼你为学士，谨厚不因而。今遍回身嘱付尔，相公也，冷眼儿频偷视。你觑他交椅上抬颏样儿，待的你不同前次，他则是微分间将表字呼之。

（柳云）怕你不放心，我再过去。

（正旦云）耆卿，你休过去。

（柳云）不妨事，哥哥待我较别哩。

（钱大尹云）张千，你近前来，恰才耆卿说道“好觑谢氏”，必定是峨冠博带一个名士大夫，你与老夫说咱。

（张千云）禀的老爷知道，就是早晨参官的谢天香。

（钱大尹云）哦！是早间那个谢氏。耆卿，你错用了心也。

（柳做见张千科，云）张大哥，你再报一声，杭州柳永再有话说。

（张千云）你怎么又来？我不敢过去。

（柳云）不妨事，再说一声。

（张千报科，云）杭州柳永有说的话。

（钱大尹云）着他过来！（柳进见科）（钱大尹云）耆卿，有何见谕？

（柳云）哥哥，则是好觑谢氏。

（钱大尹云）我才不说来，“敬重看待”。恕不远送。

（柳见旦，云）相公说“敬重看待”，可是如何？

（正旦唱）

【金盏儿】你拿起笔作文词，衠才调无瑕玼。这一场无分晓、不裁思。他道“敬重看待”，自有几桩儿：看则看你那钓鳌八韵赋，待则待你那折桂五言诗，敬则敬你那十年辛苦志，重则重你那一举状元时。

（柳云）大姐，你也忒心多。怕你放不下，我再过去。

（正旦云）耆卿休去。

（柳云）不妨事，哥哥看待较别哩。（见张千科，云）张大哥，你再过去，说杭州柳永又来，有说的话。

（张千云）你还不曾去哩，这遭敢不中么？

（柳云）不妨事。

（张千报科，云）杭州柳永又来有话说。

（钱大尹云）着他过来。（见科，钱大尹云）耆卿，有何说话？

（柳云）哥哥，好觑谢氏。

（钱大尹做怒科，云）耆卿，你种的桃花放，砍的竹竿折。

（柳云）多谢了哥哥。（出见旦，云）我说了也。

（正旦云）相公说甚么来？

（柳云）相公说："种的桃花放，砍的竹竿折。"

（正旦唱）

【醉扶归】你陡恁的无才思，有甚省不的两桩儿？我道这相公不是漫词，你怎么不解其中意？他道是种桃花砍折竹枝，则说你重色轻君子。

（柳云）怕你不放心，待我再去与他说过。

（正旦云）耆卿，你休去。

（柳云）不妨事，哥哥待我较别哩。（见张千，云）张大哥，你再说一声，杭州柳永又来有话说。

（张千云）那里有个见不了的，我不敢报。

（柳云）我自过去。

（张千报科）

（钱大尹云）敢是杭州柳永？

（张千云）便是。

（钱大尹云）泼禽兽，你则管着这一桩儿，且过一壁。

（柳云）张千进去，可怎生不见出来？莫非他不肯通报，我自过去。（进见科，云）哥哥。

（钱大尹怒云）敢是好觑谢氏？张千抬过书案者！耆卿，是何相待？"君子不重则不威，学则不固"，你何轻薄至此！这里是官府黄堂，又不是秦楼楚馆，则管里谢氏、谢氏！耆卿，我是开封府尹，又不是教坊司乐探。平昔老夫待足下非轻，可是为何？为子有才也。古人道："德胜才为君子，才胜德为小人。"今观足下所为，可正是才有余而德不足。《礼记》云："君子奸声乱色，不留聪明。"《老子》曰："五色令人目盲，五音令人耳聋。”大丈夫当“先天下之忧而忧，后天下之乐而乐”。便好道：“富贵不能淫，贫贱不能移，威武不能屈。此之谓大丈夫也。”今子告别，我则道有甚么嘉言善行，略无一语；止为一匪妓，往复数次，虽鄙夫有所耻，况衣冠之士，岂不愧颜？耆卿，比及你在花街里留意，且去你那功名上用心。可不道“三十而立”！当今王元之七岁能文，今官居三品，见为翰林学士之职，汝辈不自耻乎？耆卿！（诗云）则你那浑身多锦绣，满腹富文章，不学王内翰，只说谢天香。张千，你近前来！（做耳喑科，云）只恁的便了。

（张千云）理会的。

（钱大尹云）左右的，击鼓退堂，我回私宅去也。

（下）

（柳见旦科）

（正旦云）我说甚么来？直逗的相公恼了。

（柳云）大姐放心，我到帝都阙下，若得一官半职，钱可道，你长保着做大尹，休和咱轴头儿厮抹着。大姐，我今番便索长行也。

（正旦云）妾送你到城外那小酒务儿里，权与你饯行咱。

（张千上，云）等我一等，我张千也来送柳先生。

（柳云）多有起动了。大姐，我临行做了一首词，词寄〔定风波〕，是商角调，留与大姐表意咱。

（词云）自春来惨绿愁红，芳心事事可可。日上花梢，莺喧柳带，犹压香衾卧。暖酥消，腻云髻，终日恹恹倦梳裹。无奈，想薄情一去，音书无个。早知恁么，悔当初不把雕鞍锁。向鸡窗收拾蛮笺象管，拘束教吟和。镇日相随莫抛躲，针线拈来共伊坐，和我，免使年少光阴虚过。

（张抄科，云）我先回去也。（下）

（正旦云）耆卿，你去也，教妾身如何是好！

（柳云）大姐放心，小生不久便回。

（正旦唱）

【赚煞】我这府里祗候几曾闲，差拨无铨次，从今后无倒断嗟呀怨咨。我去这触热也似官人行将礼数使，若是轻咳嗽便有官司。我直到揭席来到家时，我又索趱下些工夫忆念尔，是我那清歌皓齿，是我那言谈情思，是我那湿浸浸舞困袖梢儿。（下）

第二折

（钱大尹上，云）事不关心。关心者乱。老夫钱大尹，昨日使张千干事，这早晚不见来回话。左右，门首觑着，来时报复我知道。

（张千上，云）自家张千是也。奉俺老爷命着干事回来，如今见老爷去咱。

（见科，钱大尹云）张千，我分付你的事如何？

（张千云）奉老爷的命，使我跟他两个到一个小酒务儿里饯别，柳耆卿临行做了一首词，词寄〔定风波〕，小人就记将来了。

（钱大尹云）你记的了？

（张千云）小人记的颠倒烂熟。

（钱大尹云）你念。

（张千念云）自春来惨绿愁红，芳心事事……（做不语科）

（钱大尹云）怎的？

（张千云）老爷，孩儿忘了也。

（钱大尹云）却不道记的颠倒烂熟那？

（张千云）孩儿见了老爷惧怕，忘了也。

（钱大尹云）有抄本么？

（张千云）有抄本。

（钱大尹云）将来我看。

（张千云）早是我抄得来了。（做递科）

（钱接念科，云）“自春来惨绿愁红，芳心事事可可。日上花梢，莺喧柳带，犹压香衾卧。暖酥消，腻云髻，终日恹恹倦梳裹。无奈，想薄情一去，音书无个。早知恁么，悔当初不把雕鞍锁。向鸡窗收拾蛮笺象管，拘束教吟和。镇日相随莫抛躲，针线拈来共伊坐，和我，免使年少光阴虚过。”嗨，耆卿，你好高才也！似你这等才学，在那五言诗、八韵赋、万言策上留心，有甚么都堂不做那？我试再看“自春来惨绿愁红，芳心事事可可”。耆卿怪了老夫去了也。老夫姓钱名可，字可道。这词上说“可可”二字，明明是讥讽老夫。恰才张千说记的颠倒烂熟，他念到“事事”，将“可可”二字则推忘了。他若念出“可可”二字来，便是误犯俺大官讳字，我扣厅责他四十，这厮倒聪明着哩。

（张千云）也颇颇的。

（钱大尹云）我如今唤将谢天香来，着他唱这〔定风波〕词："自春来惨绿愁红，芳心事事可可。"若唱出"可可"二字来呵，便是误犯俺大官讳字，我扣厅责他四十。我若打了谢氏呵，便是典刑过罪人也，使耆卿再不好往他家去。耆卿也，俺为朋友直如此用心。我今升罢早衙，在这后堂闲坐。张千，与我题名唤将谢天香来者。

（张千云）理会的。（做唤科，云）谢天香在家么？

（正旦上，云）是谁唤门哩？（做见张科，云）原来是张千哥哥，叫我做甚么？

（张千云）谢大姐，老爷题名儿，叫你官身哩。

（正旦唱）

【南吕一枝花】往常时唤官身可早眉黛舒，今日个叫祗候喉咙响。原来是你这狠首领，我则道是那个面前桑。恰才陪着笑脸儿应昂，怎觑我这查梨相？只因他忒过当，据妾身貌陋残妆，谁教他大尹行将咱过奖？

【梁州第七】又不是谢天香其中关节，这的是柳耆卿酒后疏狂。这爷爷记恨无轻放，怎当那横枝罗惹，不许堤防。想着俺用时不当，不作周方，兀的唤是么牵肠。想俺那去了的才郎，休、休、休，执迷心不许商量。他、他、他，本意待做些主张，嗨、嗨、嗨，谁承望惹下风霜？这爷爷行思坐想，则待一步儿直到头厅相。背地里锁着眉骂张敞，岂知他殢雨殢云俏智量，刚理会得燮理阴阳。

（张千云）大姐，你且休过去，等我遮着你是看咱。

（正旦看科，云）这爷爷好冷脸子也。（唱）

【隔尾】我见他严容端坐挨着罗幌，可甚么和气春风满画堂？我最愁是劈先里递一声唱。这里但有个女娘坐场，可敢烘散我家私做的赏。

（张千云）大姐，你过去把体面者。

（正旦见科，云）上厅行首谢天香谨参。

（钱大尹云）则你是柳耆卿心上的谢天香么？

（正旦唱）

【贺新郎】呀！想东坡一曲〔满庭芳〕，则道一个香靄雕盘，可又早祸从天降。当时嘲拨无拦当，乞相公宽洪海量，怎不的仔细参详？（钱大尹云）怎么在我行打关节那？（正旦唱）小人便关节煞，怎生勾除籍不做娼，弃贱得为良？他则是一时间带酒闲支谎，量妾身本开封府阶下承应辈，怎做的柳耆卿心上谢天香。

（钱大尹云）张千，将酒来，我吃一杯，教谢天香唱一曲调咱。

（正旦云）告宫调。

（钱大尹云）商角调。

（正旦云）告曲子名。

（钱大尹云）〔定风波〕。

（正旦唱）自春来惨绿愁红，芳心事事……（张咳嗽科）（正旦改云）巳巳。

（钱大尹云）聪明强毅谓之才，正直中和谓之性。老夫着他唱"自春来惨绿愁红，芳心事事可可"，他若唱出"可可"二字来，便是误犯俺大官讳字，我扣厅责他四十，听的张千咳嗽了一声，他把"可可"二字改为"巳巳"。哦！这"可"字是歌戈韵，"巳"字是齐微韵。兀那谢天香，我跟前有古本，你若是失了韵脚，差了平仄，乱了宫商，扣厅责你四十，则依着齐微韵唱，唱的差了呵，张千，准备下大棒子者。

（正旦唱云）"自春来惨绿愁红，芳心事事巳巳，日上花梢，莺喧柳带，犹压绣衾睡。暖酥消，腻云髻，终日厌厌倦梳洗。无奈，薄情一去，音书无寄。早知恁的，悔当初不把雕鞍系。向鸡窗收拾蛮笺象管，拘束教吟味。镇日相随莫抛弃，针线拈来共伊对，和你，免使少年光阴虚费。”

（钱大尹云）嗨，可知柳耆卿爱他哩！老夫见了呵，不由的也动情。张千，你近前来，你做个落花的媒人，我好生赏你，你对谢天香说，大夫人不与你，与你做个小夫人。咱则今日乐籍里除了名字，与他包髻、团衫、䌷手巾。张千，你与他说。

（张千见正旦，云）大姐，老爷说大夫人不许你，着你做个小夫人，乐案里除了名宁，与你包髻、团衫、䌷手巾。你意下如何？

（正旦唱）

【牧羊关】相公名誉传天下，妾身乐籍在教坊，量妾身则是个妓女排场。相公是当代名儒，妾身则好去待宾客供些优唱。妾身是临路金丝柳，相公是架海紫金梁。想你便意错见、心错爱，怎做的门厮敌、户厮当？

（钱大尹云）张千，着天香到我宅中去。

（正旦云）杭州柳耆卿，早则绝念也。（唱）

【二煞】则恁这秀才每活计似鱼翻浪，大人家前程似狗探汤。则俺这侍妾每近帏房，止不过供手巾到他行，能勾见些模样。着护衣须是相亲傍，止不过梳头处俺胸前靠着脊梁，几时得儿女成双？

（云）指望嫁杭州柳耆卿，做个自在人，如今怎了也？（唱）

【煞尾】罢、罢、罢，我正是闪了他闷棍着他棒，我正是出了箏篮入了筐，直着咱在罗网。休摘离，休指望，便似一百尺的石门，教我怎生撞？便使尽些伎俩，干愁断我肚肠。觅不的个脱壳金蝉这一个谎。（下）

（钱大尹云）张千，送谢天香到私宅中去了也。（诗云）我有心中事，未敢分明说。留待柳耆卿，他自解关节。（下）

第三折

（正旦上，云）妾身谢天香，自从进到钱大尹相公宅内，又早三年光景，将我那歌妓之心消磨尽了也。（唱）

【正宫端正好】往常我在风尘为歌妓，止不过见了那几个筵席，到家来须做个自由鬼，今日个打我在无底磨牢笼内。

【滚绣球】到早起过洗面水，到晚来又索铺床叠被，我伏事的都入罗帏。我恰才舒铺盖，似孤鬼，少不的蹬蹉寝睡，整三年有名无实。本是个见交风月耆卿伴，教我做遥受恩情大尹妻，端的谁知？

（二旦扮姬妾上，云）俺二人是钱大尹家侍妾，今日无甚事，去望姓谢的姐姐走一遭去。（见旦科，云）姐姐，俺二人竟来望姐姐。

（正旦云）二位姐姐请坐。

（二旦云）姐姐，你在宅中三年，相公曾亲近你么？

（正旦唱）

【倘秀才】俺若是曾宿睡呵，则除是天知地知，相公那铺盖儿知他是横的竖的！比我那初使唤，如今越更稀。想是我出身处，本低微，则怕展污了相公贵体。

（二旦云）姐姐，虽然如此，你也自当亲近些。

（正旦唱）

【滚绣球】姐姐每肯教诲，怕不是好意？争奈我官人行，怎敢便话不投机？（二旦云）姐姐，你又无甚么过失。（正旦唱）你道是无过失，学恁的，姐姐每会也那不会？我则是斟量着紧慢迟疾。强何郎旖旎煞难搽粉，狠张敞央及煞怎画眉？要识个高低。

（二旦云）敢问姐姐，当日柳七官人《乐章集》，姐姐收的好么？

（正旦唱）

【倘秀才】便休题花七柳七，若听得这里是那里，相公的耳朵里风闻那旧是非。休只管这几句，滥黄齑我也记得。

（二旦云）姐姐，可是那几句儿？说一遍儿我听咱。

（正旦唱）

【穷河西】姐姐每谁敢道袖褪《乐章集》，都则是断送的我一身亏。怕待学大曲子我从头儿唱与你。本记的人前会，挂口儿从今后再休题。

（二旦云）咱和你同去竹云亭上赌戏咱。

（正旦云）姐姐每，咱去波。（唱）

【滚绣球】想前日使象棋，说下的则是个手帕儿赌戏。你将我那玉束纳藤箱子便不放空回。近新来，下雨的那一日，你输与我绣鞋儿一对，挂口儿不曾题。那里为些些赌赛，绝了交契，小小输赢丑了画皮，道我不精细。

（二旦云）姐姐，咱掷这色数儿，俺输了也。姐姐，可该你掷。

（正旦拿色子科）（唱）

【倘秀才】幺四五骰着个撮十，二三二趁着个夹七，一面打个色儿，也当得幺二三是鼠尾。赌钱的，不伶俐。姐姐你可便再掷。

（二旦云）等我再掷，俺又输了也，可该你掷。

（正旦唱）

【呆骨朵】我将这色数儿轻放在骰盆内，二三五又掷个乌十，不下钱打赛，我可便赢了你两回。这上面分明见，色数儿且休题。姐姐，我可便做桩儿三个五，你今日这般输说甚的？

（钱大尹把拄杖暗上）

（二旦惊下）

（正旦唱）

【倘秀才】你休要不君子便将闹起，我永世儿不和你厮极。塌着那臭尸骸，一壁稳坐的。（钱将拄杖放在旦右肩上）（正旦拨科）（唱）兀的不闲着您。（钱将拄杖放在旦左肩上）（正旦拨科）（唱）臭驴蹄！（钱又将拄杖放在旦右肩上）（正旦拿住回头科）（唱）兀的是谁？

（钱大尹云）天香，你骂谁哩？

（正旦慌跪科）（唱）

【醉太平】吓的我连忙的跪膝，不由我泪雨似扒推，可又早七留七力来到我跟底，不言语立地。我见他出留出律两个都回避。相公将必留不剌拄杖相调戏，我不该必丢不搭口内失尊卑，这的是天香犯罪。

（钱大尹云）天香，你怕么？

（正旦云）可知怕哩。

（钱大尹云）你要饶么？

（正旦云）可知要饶哩。

（钱大尹云）既然要饶，或诗或词，作一首来我看，我便饶了你。

（正旦云）请题目。

（钱大尹云）就把这骰盆中色子为题。

（正旦云）诗有了。（诗云）一把低微骨，置君掌握中。料应嫌点涴，抛掷任东风。

（钱大尹笑科，云）圣人道："在心为志，发言为诗，情动于中而形于言，言之不足故嗟叹之，嗟叹之不足故歌咏之。"这四句诗中大意道，我娶他作小夫人，到我家中三年，也不瞅不问。岂知我的意思。天香，我也和了四句诗，我念你听。（诗云）为伊通四六，聊擎在手中。色缘有深意，谁谓马牛风？天香，你在我家三年也，你心中休烦恼，我拣个吉日良辰，则在这两日内，立你做个小夫人，你心下如何？

（正旦唱）

【二煞】往常时不曾挂眼都无意，今日回心有甚迟。相公的言语更怕不中，委付妾身教我转转猜疑。相公又不是戏笑，又不是沉醉，又不是昏迷，待道是颠狂睡呓，兀的不青天这白日！

（云）相公莫不是谬语？

（钱大尹云）我又不曾吃酒，岂有谬语？我只爱惜你聪明才学，可怜你那烦恼悲啼。

（正旦唱）

【一煞】相公你一言既出如何悔？驷马奔驰不可追。妾身出入兰堂，身居画阁，行有香车，宿在罗纬。相公整过了三年，可便调理，无个消息，不想道今朝错爱我这匪妓，也则是可怜见哭啼啼。

（钱大尹云）天香，后堂中换衣服去。

（正旦唱）

【煞尾】则今番文诌诌的施才艺，从来个扑簌簌没气力。相公这一句言语可立碑，我也不敢十分相信的。许来大官员，恁来大职位，发出言词忒口疾。你不委心为自家没见识，又不是花街中、柳陌里，那一个彻梢虚、雾塌桥，浑身我可也认的你。（下）

（钱大尹云）张千，拣个吉日良辰，立天香做小夫人，老夫且回后堂歇去。（下）

第四折

（钱大尹引张千上，云）老夫钱大尹是也。谁想柳耆卿一举状元及第，夸官三日。张千，安排下筵席，你去当街里拦住新状元柳耆卿，道钱府尹请状元。他若不肯来时，你只把马带着，休放了过去，好歹请他来。若来时，报的老夫知道。（下）

（柳耆卿引祗候上，诗云）昔日龌龊不足夸，今朝放荡思无涯。春风得意马蹄疾，一日看尽长安花。小官柳永，自与谢天香分别之后，到于帝都阙下，一举状元及第。今借宰相头踏，夸官三日。我闻知钱大尹娶了谢天香为妻。钱可道也，你情知谢氏是我的心上人，我看你怎么相见？左右的，摆开头踏，慢慢的行将去。

（张千上，云）状元，钱大尹相公有请！

（柳云）我不去。

（张千扯马，云）我好歹请状元见俺相公去来。（同下）

（钱大尹上，云）早间着张千请柳耆卿去了，怎生不见来？

（张千同柳上，云）状元少待，我报复去。（报科，云）请的状元到了也！

（钱大尹云）道有请。（柳做见科）（钱大尹云）贤弟，峥嵘有日，奋发有时，兀的不壮哉！将酒来，今日与贤弟作贺。（把酒科，云）贤弟，满饮一杯。

（柳云）小官量窄，吃不的。

（钱大尹云）贤弟平昔以花酒为念，今日如何不饮？

（柳云）小官今非昔比，官守所拘，功名在念，岂敢饮酒？

（钱大尹云）若是这般呵，功名成就多时了。你端的不饮酒，敢有些怪我么？张千，近前来！

（做耳语科，云）只除恁的……

（张千云）理会的。（做叫科，云）谢夫人，相公前厅待客，请夫人哩。

（正旦云）天香，谁想有今日也呵！（唱）

【中吕粉蝶儿】送的那水护衣为头，先使了熬麸浆细香澡豆，暖的那温泔清手面轻揉。打底干南定粉把蔷薇露和就；破开那苏合香油，我嫌棘针梢燎的来油臭。

【醉春风】那里敢深蘸着指头搽，我则索轻将绵絮纽。比俺那门前乐探等着官身，我今日个不丑、丑。虽不是宅院里夫人，也是那大人家姬妾，强似那上厅的祗候。

（云）相公前厅待客，我且不过去，我试望咱。

（唱）

【石榴花】我则道坐着的是那个俊儒流，我这里猛窥视、细凝眸，原来是三年不肯往杭州，闪的我落后、有国难投。莫不是将咱故意相迤逗，特教的露丑呈羞？你觑那衣服每各自施忠厚，百般儿省不的甚缘由。

【斗鹌鹑】并无那私事公仇，倒与俺张筵置酒。（带云）我这一过去，说些什么的是？（唱）我则是佯不相瞅，怎敢道特来问候？（见科）（钱大尹云）天香，与耆卿施礼咱。（正旦唱）我这里施罢礼，官人行紧低首。（钱大尹云）天香，近前来些！（正旦唱）谁敢道是离了左右，我则索侍立旁边，我则索趋前褪后。

（钱大尹云）天香，与耆卿把一杯酒者。

（正旦云）理会的。（唱）

【上小楼】我待要题个话头，又不知他可也甚些机彀，倒不如只做朦胧，为着东君奉劝金瓯；他若带酒，是必休将咱僝僽。（柳云）天香，近前来些。（正旦唱）这里可便不比我做上厅行首。

（钱大尹云）天香把盏，教状元满饮此杯。

（递酒科）

（柳云）我吃不的了也。

（正旦唱）

【幺篇】他那里则是举手，我这里忍着泪眸，不敢道是厮问厮当、厮来厮去、厮掴厮揪，我如今在这里不自由。（柳云）大姐，你怎生清减了？（正旦唱）你觑我皮里抽肉，你休问我可怎生骨岩岩脸儿黄瘦。

（钱大尹云）耆卿，你怎生不吃酒？

（柳云）我吃不的了也。

（钱大尹云）罢、罢、罢！话不说不知，木不钻不透，冰不搭不寒，胆不试不苦。"君子见机而作，不俟终日"，耆卿何故见之晚矣！当日见足下留心于谢氏，恣意于鸣珂，耽耳目之玩，惰功名之志，是以老夫侃侃而言，使足下怏怏而别。

一从贤弟去了，老夫差人打听，道贤弟临行留下一首〔定风波〕词。老夫着张千唤此谢氏，张千把盏，谢氏歌唱，我着他唱那〔定风波〕词。我则道犯着老夫讳字，不想他将韵脚改过；老夫甚爱其才，随即乐案里除了名字，娶在我宅中为姬妾。老夫不避他人之是非，盖为贤弟之交契；若使他仍前迎新送旧，贤弟可不辱抹了高才大名！老夫在此为理三年，治百姓水米无交，于天香秋毫不染。我则待剪了你那临路柳，削断他那出墙花，合是该二人成配偶。都因为一曲〔定风波〕，则为他和曲填词，移宫换羽，使老夫见贤思齐，回嗔作喜，教他冠金摇凤效宫妆，佩玉鸣鸾罢歌舞。老夫受无妄之愆，与足下了平生之愿。你不肯烟月久离金殿阁，我则怕好花输与富家郎；因此上三年培养牡丹花，专等你一举首登龙虎榜。贤弟，你试寻思波，歌妓女怎做的大官姬妾？我想你得志呵，则怕品官不得娶娼女为妻，以此上锁鸳鸯、巢翡翠，结合欢、谐琴瑟。你则道凤台空锁镜，我将那鸾胶续断弦；我怎肯分开比翼鸟，着您再结并头莲？老夫佯推做小夫人，专待你个有志气的知心友。老夫不必多言。天香，你面陈肝胆，说兀的做甚？（诗云）拣选下锦绣红妆女，付与你银鞍白面郎。柳耆卿休错怨开封主，这的是钱大尹智宠谢天香。

（柳云）嗨，多谢老兄肯为小弟这等留心！大姐，我去之后，你怎生到得相公府中，试说一遍与我听者。

（正旦唱）

【哨遍】一自才郎别后，相公那帘幕里春风透；又无个交错觥筹，又无个宾客闲游。饮杯酒，坐衙紧唤，乐探忙勾，吓得我难收救，只得向公厅祗候。不问我舞旋，只着我歌讴；将凤凰杯注酒尊前递，把商角调填词韵脚搜，唱到“惨绿愁红，事事可可”，一时禁口。

【耍孩儿】相公讳字都全有，我将别韵儿轻轻换偷。即时间乐案里便除名，扬言说要结绸缪。三年甚时曾占着铺盖，千日何曾靠着枕头？相公意，难参透。我本是沾泥飞絮，倒做了不缆孤舟。

【二煞】见妾身精神比杏桃，相公如何共卯酉？见天香颜色当春昼。观花不比观娇态，饮酒合当饮巨瓯，谁把清香嗅？则是深围在阑底，又何曾插个花头！

（钱大尹云）张千，快收拾车马，送谢天香到状元宅上去。

（柳同旦拜谢科，云）深感相公大恩。

（正旦唱）

【随尾】这天香不想艳阳天气开，我则道无情干罢休！谁想这牡丹花折入东君手，今日个分与章台路榜柳。

题目　柳耆卿错怨开封主

正名　钱大尹智宠谢天香

錢大尹智寵謝天香